KB056105

다시, 광장에서

다시, 광장에서

ⓒ강세환, 2021

1판 1쇄 인쇄_2021년 11월 10일
1판 1쇄 발행_2021년 11월 15일

지은이_강세환
펴낸이_양정섭

펴낸곳_경진출판
　　　등록_제2010-000004호
　　　사업장주소_서울특별시 금천구 시흥대로 57길 17(시흥동) 영광빌딩 203호
　　　전화_070-7550-7776　팩스_02-806-7282
　　　홈페이지_http://https://mykyungjin.tistory.com
　　　이메일_mykyungjin@daum.net

값 10,000원
ISBN 978-89-5996-830-5 03810

강세환 에세이시집

다시, 광장에서

차례

제1부

제2부

제3부

제4부

작가 인터뷰

봄날은 간다

▷에세이 시집이란 무엇인가?

말 그대로 에세이 플러스 시집이다 가령 에세이적 사유(思惟)와 시적 사유의 조율이라고 할 수 있다. 이런저런 메시지를 시의 자리에 앉혀놓았다. 어느 날 또 이런 형식이 자연스럽게 다가왔다. 이런 형식과 이런 메시지가 꼬리에 꼬리를 물고 나타났다. 시도 시인도 갑자기 쏟아진 폭우를 피할 수가 없었다. 그리고 시 아닌 것들이 곧장 시가 되었다. 이게 뭐야 시야 에세이야 그런 고민조차 하기 전에 시가 되었다. 이런 메시지와 이런 형식도 그냥 그렇게 운명처럼 섞이고 말았다. 시가 어떤 묘사나 발견일 때도 있겠지만 '이런 허황된 발언' 같을 때도 있을 것이다.

▷새로운 장르인가?

장르가 무엇인가? 본래 장르라는 것은 없다. 장르라는 것도 새로운 것은 아니고 오래된 것도 아니다. 장르라는 어떤 물건이 있다면 그것도 계속 생겨나는 것이고 또한 계속 사라지는 것 아닌가. 장르라는 것도 장르일 뿐이다. 장르 순혈주의나 장르 근본주의 같은 것도 없다. 장르도 깨져야 하고 장르의 벽도 계속 무너져야 하고 계속 무너뜨려야 한다. 장르라는 것도 알고 보면 고정된 관념이고 이미 고정관념이 되었다. 모든 고정관념은 가라! 그럼에도 불구하고 자꾸 장르를 묻는다면 이 에세이 시라는 장르는 차라리 '일회성 장르'라고 할 수 있다. 부정기적인 짬뽕이다. 수락산역 근처 짬뽕 잘하는 중국집이 있다. 이 인터뷰 끝나고 그 집에 가서 배갈 한잔 하고 싶다. 여섯시까지는 네 명이 마실 수 있다는 거 아닌가. 그럼 됐다. 4단계가 어느덧 일상이 되었다.

▷다시 부정기적이라면 또 기획하고 있다는 것인가?

부정기적이라고 하여 또 기획해야 하나. 아마도 이 장르는 이것으로 끝내야 할 것 같다. 기회가 닿으면 또 모르겠지만….

▷독자들의 반응이 좋으면 이 '일회성 장르'를 또 살릴 수 있는 것 아닌가?

지금 독자들의 반응이라고 했나? 독자들의 반응이란 또 무엇인가. 독자도 없고 반응도 없다. 그냥 필자 혼자 입안에서 중얼거리던 것을 삼키지 못하고 입 밖으로 뱉었을 뿐이다. 아마도 그냥 헛소리쯤 될 것이다. 아무도 읽지 않고 아무도 처다보지 않을 것이다. 어떤 반응도 없을 것만 같다. 아무도 주목하지 않을 것이고 솔직히 말해 아무것도 주목할 것이 없다. 그래서 필자 혼자 오직 '나 혼자서' 더 간절하게 집중적으로 기록하였을 것이다. 자기만족쯤 될 것 같다. 시인이 외로운 직종이라는 것도 오랜만에 다시 맛보았다. 그런 것도 이 시집의 어떤 예민한 국면이 되었을 것이다. 다시한 번 말한다면 이 에세이 시들을 쓰지 않을 수가 없었고 또 스스로 외면할 수도 없었다. 그리고 마치 어떻게 하면 탈고(脫苦)할 수 있을까 하고 혼자 내내 생각했다. 결국 빨리 탈고(脫稿)하면 탈고할 수 있을 것 같았다.

▷언제 썼는가?

그런 것도 묻는가. 시집을 펼쳐보면 알 수 있을 것이다. 시집 속에 다 밝혀 놓았다. 암튼 시집을 보면 이 시집이 어느 시기와 어느 국면과 어떤 심경에 의지하고 있는지 또 어떤 배경에 기대고 있는지 알 수 있다. 거북한 문답이다.

▷몇 군데 읽어보면 의문문이 압도적으로 많던데?

시인은 질문하는 자 아닌가. 시인은 문제를 제기하는 자 아닌가. 오쇼 라즈니쉬도 그런 말을 한 것 같다. 그리고 시도 어떤 문제를 상징적으로 터뜨리는 것 아니었던가. 시 속에 해결책은 없지만 문제 제기 속에는 이미 어떤 해결책이 내포되어 있는 것 아닌가. 무엇이 문제인가? 그 질문 속에는 무엇이 답이다! 라는 말도 함께 들어 있다. 이제 곳곳에서 제기될 많은 문제들을 잘 보시라. 이미 답이 삐죽이 혀를 내밀고 있을 것이다. 혀끝이 보일 것이다. 혀를 더 내밀어야만 하겠는가.

▷여기서도 계속 의문문인 것 같다.

필자가 사는 곳은 선방(禪房)이 아니다. 여기는 세상사의 온갖 고뇌와 고충이 뒤범벅이 되는 곳이다. 여기는 속세이며 세속의 도시이다. 더욱이 시인은 마음이 복잡하고 무겁다. 하루에도 몇 번씩 의문이 안 생길 수가 없고 또 문제 제기를 하지 않을 수가 없다. 의문은 또 때때로 의심이 된다. 필자는 필자를 의심하고 당신은 당신을 의심한다. 그러나 당신은 당신의 마음을 다 비우고 살아도 된다. 시인은 시인의 마음을 다 비울 수도 없다. 시인은 의문이나 의심을 피할 수가 없다. 시인은 당면 현안에 대한 고심도 고민도 피할 수가 없다. 당면 현안에 대해서도 시인들이 좀 더 예민하게, 좀 더 민감하게 받아들일 수밖에 없는 것 같다. 암튼 감수성이나 감성 탓으로만 돌릴 수도 없다. 어느 이상 국가에선가 왜 그렇게 시인들을 추방하고 싶어 했는지 알 것도 같다.

▷진보주의자인가?

요새 누가 그런 걸 물어보는가. 보수는 어디선가 보수 때문에 조금씩 무너졌고 진보도 어디선가 진보 때문에 조금씩 무너진 것 같다, 조주(趙州) 선사처럼 말하겠다. "차 마셔라!"

▷얼핏 훑어봐도 어느 대선 캠프를 방불케 하더라.

한 잔 더 해라!

▷소회라도!

소회 같은 것 없다. 다만 여기저기 주제넘게 간섭하고 지적질한 것 같아 마음이 편치 않다. 실은 이 일련의 시들을 구상하면서도 도망갈 생각만 했다. 이런 걸 왜 써야 하는지 이런 걸 왜 또 생각해야 하는지 자꾸만 망설였다. 여러 번 뒤집어엎었을 것이다. 같은 업계의 시선으로 봤을 때도 정통 문법에 어긋난 것이라 외면하기 딱 좋을 것이다. 그러나 그런 시선을 의식하면서도 또 의식하지 않으려고 했다. 방법은 딱 하나더라. 얼릉 아무도 모르게 시집을 내고 나서 잠수 타는 길밖에 없을 것 같다. 집사람도 모르게 시집을 내고 입 닦아버리자. 가자! 아무도 모르게 가자. 그래서 속전속결로 해치우고 싶었다. 그야말로 해치웠다. 시집을 해치웠다고 말하고 나니 갑자기 거지가 된 것 같다. 그리고 눈치 빠른 독자는 알겠지만 관련 기사를 보면 대략 날짜도 짐작할 수 있을 것이다. 제일 앞의 두 편을 빼고 대체로 지난 8월 둘째 주 월욜 밤부터 금욜 밤까지 집중할 수 있었다. 그러니까 4단계 와중에 주로 쓴 것 같다. 밤 산책 외 집 콕 하면서 열중할 수 있었다. 다만 쓸까 말까 몇 번이나 망설이던 끝에 툭 터져 나왔고 툭 터져 나오는 대로 급하게 달렸다. 미친 듯이 달렸다. 정말 미친 듯이 쓰다 보니 특별한 계획도 특별한 목적도 없었다. 새삼스럽지만 시는 무목적(無目的)이며 무계획적

일 수밖에 없다. 다행히 외출도 외박도 없이 약속도 선약도 없이 집중할 수 있었다. 다만 에세이 시집이다 보니 그때그때 검색할 일들이 많았고 출처를 달아야 할 일도 많았다. 관련 자료를 한 번 더 찾아보고 대조하는 일도 많았다. 다른 시집과 달리 그만큼 신경 써야 할 부분도 많았다. 아무리 그래도 아무도 읽지 않을 것만 같은 것을 쓰는 그런 허전한 심경도 있었다. 가령 왜 이런 쓸데없는 생각을 하는지 왜 이런 쓸데없는 일에 빠져 있는지 혼자 난감할 때도 있었다. 그래도 또 쓸 수밖에 없었다. (이 시는 어디서 오는 것인가? 아무리 들여다보아도 생소하고 또 생경할 것이다.) 잠시 스스로 위안을 한다면 작가는 글을 쓰고 또 글을 쓰는 사람이다. 그것도 이번 시집의 소회라면 소회일 것이다. 이제 곧 잠수를 탈 것이다. 시인의 특성 중에는 잠행(潛行)이라는 것도 있을 것이다. 그러나 시인은 잠수를 탔다 해도 시는 잠수를 탈 수 없을 것이다. 시인은 뭐라고 말하긴 어렵겠지만 시는 환한 햇볕에 비춰보면 훤한 속살이 다 보일 것이다. 어떻게 보면 한국 시의 어느 부분은 마땅히 더 크게 존중되어야 할 것이다. 그렇다고 시인들이 나서서 혹은 시가 나서서 할 일은 아닌 것 같고 독자들이 나설 일도 아닌 것 같고 국회 관련 상임위가 나설 일도 아닌 것 같다. 시도 시인도 그럭저럭 또 시와 시인을 살아낼 수밖에 없다. 그냥 또 그렇게 살아낼 수밖에 없다.

▷이 시를 쓰는 동안 에피소드는?

지난 두어 주 동안 잠자는 시간 외 이 시에 매달렸다. 다행히 더

위도 한 풀 꺾였을 때였고 일련의 시들을 탈고했기 때문에 집중할 수 있었다. 타이밍이 절묘하게 맞아떨어졌다. 앞의 일련의 시들도 그렇고 이 시편들도 그렇고 밤낮으로 시 속 에 파묻혀 살았다. 매우 가까운 곳에 증인이 있다. 깊은 밤에도 시에서 빠져나오지 못해 들킨 적도 여러 차례 있었다. 그럴 때마다 시를 쓰는 일이 왠지 난처했다. 그럼에도 불구하고 이 시를 쓰는 동안 각종 현안이나 어떤 사안(事案)과 마주앉아 있다 보면 참괴(慙愧)한 심정이 먼저 꿈틀거렸다. 아마도 그런 참괴함이 때로는 분노였다가 때로는 연민이었을 것이다. 그럴 때마다 또 천천히 타이핑이나 할 수밖에 없었다. 오늘 하루만이라도 시를 따뜻하게 안아주고 싶다.

▷시인의 증인은 때때로 술이 아닌가?

술 없이 살아내는 중이다. 특히 이번 시집은 술하고 아무 상관관계가 없다. 술도 필자를 피해 다니는 것 같다.

▷이번 시집은 몇 번째인가?

열두 번째 정규 앨범이다. 여러 사정상 이 시집이 열한 번째 시집보다 약간 앞에 나오게 되었다. 물론 열한 번째 시집도 곧 출간될 것이다. 특별한 것은 아니고 이 시집은 이 국면에서 출루(出壘)해야 하고 또 그런 불가피한 지점이 있었다. 시인이 시집을 낼 땐 어떤 터울이나 출간 스케줄 같은 것도 없다. 그때그때 시절이나 인연에 따를 뿐이다. 아직도 신작 시집 원고를 들고 출판사를 기웃거릴 때마다 느끼는 심정은 무겁기만 하다. 이 자리에서 이 원고를 단박에 받아준 출판사 사장님께 고마운 마음을 전하고자 한다.

▷그 일련의 시들도 곧 시집으로 묶을 것인가?

그렇다. 생각보다 꽤 많은 시를 묶어야 할 것 같다. 시집 한 권에 다 넣으면 삼백은 족히 될 것 같다. 시를 쓸 때 돌아보지 않는 편인데 어디쯤에서 돌아보니 많은 시가 쌓여 있었다. 시가 쌓이면 시집을 내고 싶은 욕망을 주체할 수가 없다. 그리고 잘 알다시피 시는 때가 없다. 시는 24시간 편의점 불빛과 같은 것이다. 시는 마치 대선 정국과 같은 것이다. 어쩌면 늘 대선 국면과 같은 것이다. 이번 시집은 특히 어쩌다 대선 경선 정국과 맞닥뜨렸는지 모르겠다. 여하튼 각정당 경선이든 대선이든 이런 정국이라는 것도 다 자기 시대와 민감하게 연관돼 있는 것 같다. 그렇다면 작금의 대선 정국은 필자의 시대와 거리가 좀 멀다는 느낌이다. 낯설긴 하겠지만 참고로 우리 시대의 대선 정국은 저 '양김(兩金)' 혹은 '3김 시대'였을 것이다. 특히 우리 시대는 그들의 부침(浮沈)과 함께 한 것도 같다. 물론 지금은 양김이나 3김 시대가 아니다. 지금은 결코 우리의 시대도 아니다. 우리 시대의 많은 가수들이 무대에서 밀려났듯이…. 그리고 이번에 이 시집과 관련된 여러 신문기사는 물론이거니와 잠깐잠깐 대선 공약이나 대선 출마 선언문을 읽어보았다. 어느 특정 후보의 캠프에 한정된 것은 아니고 어떤 방향을 짐작하기 위해 그냥 몇 군데만 찾아보았다. 빙 둘러보던 중 어떤 것은 손에 닿을 것 같았고 어떤 것은 환상 같았고 또 어떤 것은 꿈같았다. 이 시집도 그런 선상에 놓고 보면 아예 손이 닿지도 않을 환상일 것이며 꿈일 것이다. 좌우지간 "내가 꿈에 나비가 된 것인지 아니면 나비가 나를 잠시 갈아탄 것인지" 그렇게 또 두어 주 나비와 함께 보낸 것 같다. 그러나 그런 것도 다 허구(虛構)일 것이다. 어쩌면 이 시를 쓰던 그 순간순간만 겨우 허구에서 벗어날 수 있었을 것이다. 이제 이 시집의 많은 발언도 숱한 메시지들도 곧 헛꿈이 되거나 헛소리가 될 것이다. 다 잊히고 또 사라질 것이다. 그렇게 되고 말 것이다. 집에 혼자 처박혀 있다 보면 생각도 많아지고 잡생각도 많아지는 법이다.

▷이 에세이 시집과 에세이집 ≪대한민국 주식회사≫라는 저서와 일맥상통하는가? 상통한다면 어떤 점에서 혹은 상통하지 않는다면 어떤 점에서…
먼저 어떻게 그 책을 아는가?

▷구글에 검색하면 뜬다.
그런가. 아직도 베란다 창고에 두어 묶음이 남아 있을 것이다. 그 책과 이 시집은 일맥도 상통하지 않을 것이다. 정정하면 일맥은 상통할 것도 같다. 저자가 동일인이고 20여 년 전이지만 필자의 심경도 그 어느 부분에서는 20여 년 전과 일맥상통할 것도 같다. 그럼에도 불구하고 그 에세이집은 그 에세이집이고 이 에세이 시집은 이 에세이 시집일 것이다. 나란히 펼쳐놓고 보면 닮은 것도 있고 닮지 않은 것도 있을 것이다. 다만, 그 책은 에세이에 더 가깝고 이 책은 시에 더 가까울 것이다. 나란히 펼쳐놓고 보지 않기를 바란다.

▷오래되었지만 그 에세이집과 관련된 에피소드는?

없다. 아 하나 있다. 그 책과 관련하여 당시 야당 국회의원 한 분이 직장으로 전화하여 통화한 적도 있었다. 참 오래된 기억이다. 아 그리고 청와대 비서실에서도 아주 근사한 편지가 왔었다. 돌아보면 낭만도 있었고 웃음도 있었던 저 아날로그 시대의 추억이다.

▷국회의원 누구?

누구? 고(故) 김근태 의원님이다. 필자 혼자만의 기억이겠지만 오래 전 작가회의 행사 때 가까이서 한번 뵌 적도 있다. 행사 끝 무렵 무대에서 김근태 의원님이 노래 부르려고 할 때 친구들이 떠밀기도 했지만 같이 손잡고 어떤 노래를 함께 불렀다. 그때의 정경을 시로 써서 이미 발표한 바 있다. 여기까지만 하자.

▷이 시집에서 그래도 빠진 게 더러 있지 않을까?

없다. 딱 거기까지다. 거기까지만 해도 나름 엄청 애썼다. 국회 필리버스터 시간도 아닌데 빠진 것도 없고 더 넣을 것도 없다. 국회 관련 상임위 소속도 아닌 필자로선 많은 의견과 사실을 좌판에 내놓은 것이나 다름없다. 이런 것은 시상(詩想)만으로 되는 것도 아니고 논리나 신념을 앞세운다고 되는 것도 아니다. 늦은 밤 근린공원 산책길에서 끝도 없이 떠오르던 아이디어를 차마 뿌리칠 수가 없었다. 그날 밤부터 그 다음날 밤까지 이미 이 시집의 절반에 이르렀을 것이다.

▷세상을 바꿀 수 있다고 생각하는가? 세상을 바꿀 수 없다고 생각하는가?

이 세상에는 세상을 바꿀 수 있다고 생각하는 부류가 하나 있고 또 이 세상에는 세상을 바꿀 수 없다고 생각하는 부류가 하나 있다. 물론 제3, 제4, 제5의 부류도 있을 것이다. 오죽하면 평범한 물 하나만 바라본다 해도 일수사견(一水四見)이라고 하지 않던가?

▷이 시집을 횡단하는 키워드는 무엇인가.

그런 것도 말해야 하나. 이 시집에 드러난 워딩을 잘 보면 알 수 있을 것이다. 일단 한번 읽어보라. 혹시 이 시집을 횡단하는 키워드가 있었다 해도 제대로 횡단이나 했는지 모를 일이다. 아직도 그저 횡단하는 중인지 모르겠다. 가도 가도 끝이 없을 것만 같고 가도 가도 길이 없을 것만 같다. 그래도 끝이 없을 것만 같은 길을 가야만 하고 길이 없을 것만 같은 그 길을 가야만 하지 않을까? 그런 것이 이 시집을 횡단하는 키워드이다. 그렇다고 막연한 희망이나 희망고문도 아니다. 오히려 희망보다 분노나 절망에 더 가까울 것이다. 어쩌면 이 시집을 횡단하고 있는 키워드는 분노와 절망일 것이다. 그러나 분노도 절망도 이 시집의 일부일 것이다. 그럼에도 불구하고 지금은 분노의 시대도 아니다. 분노만으로 세상 사와 맞서던 시대도 아니다. 그런 시대는 아주 오래 전에 마감되었다. 그런 시대는 다시 돌아오지도 않고 다시 돌아갈 수도 없다. 그러나 분노는 결코 수치스럽거나 단순한 반응이 아니다. 분노야말로 살아있는 정신의 한 축이 될 것이다. 부정적이고 비판적인 사유야말로 살아있는 사회의 한 축이 될 것이다. 이 키보드 앞에서 잠시 머뭇거리는 까닭은 무엇 때문일까?

▷업데이트할 계획은?

없다. 이런 에세이 시집은 이 시집한테는 좀 미안하지만 그렇게 유쾌한 일이 아니다. 우선 주제나 소재나 방향이 자유롭지 않고 여유롭지도 않다. 업데이트는커녕 한 백 권만 찍고 딱 절판하고 싶다. 그래도 한 마디 덧붙인다면 이 에세이 시집은 일반적 시집을 약간 넘어서는 혹은 약간 미치지 못하는 그 어떤 못마땅한 지점에 있을 것이다. 그러므로 이미 충분히 심정적으로든 현실적으로든 업데이트 했다고 판단한다. 그리고 이 에세이 시집은 과거를 향한 역사물도 아니고 미래를 향한 장밋빛 전망도 아니다. 그렇다고 현실적인 문제를 파헤친 것도 아니다. 오히려 매우 비현실적이고 매우 허무맹랑한 사유와 발언들의 연속일 것이다. 무슨 대안이니 무슨 해결책이니 그런 것과도 아주 거리가 멀다. 다만 어느 한 구절에서 그저 약간의 티끌만 한 영감(靈感)이라도 일으킨다면 소기의 성과일 것이다. 텍스트에서도 누차 밝혔지만 현실이

22

나 현실 정치와 너무나 거리가 먼 개떡 같은 소리라고 개뿔 같은 소리라고 무시할 것도 같다. 지나가는 개들도 개무시할 것 같다. 그렇다면 차라리 이 에세이 시집이 하나도 읽히지 않았으면 좋겠다. 어쩌면 현실적인 해결책이나 현실적인 문제 인식과도 요원(遼遠)할 것 같으니 누가 또 쳐다보겠는가. 하여 좀 더 구체적이고 현실적인 해결책이나 현실적인 문제 인식은 국회 관련 특위나 기성 정당이나 중앙부처나 각 지자체에서 해야 할 일이지 아니겠는가? 이 시집도 그렇지만 시는 결코 현실적이지 않다. 시는 현실을 다루기는 해도 현실은 아니다. 덧붙여 시는 결코 진지하거나 엄숙하지도 않다. 현실적인 문제를 해결하기 위해서라면 시를 읽지 말아야 한다. 시는 고작 시인의 손끝에서 이루어지는 것이다. 시는 시인의 사색의 끝에서 이루어지는 것이다. 이 에세이 시집도 그런 오랍들이를 크게 벗어나지 않을 것이다. 곧 탈고하고 나면 동해 무릉계쯤 들어가서 친구들과 한잔 하고 싶다. 현실계도 아니고 허공계도 아니고 상징계도 아닌 저 무릉계쯤에서…

▷그렇다면 어떤 방향에 대한 사유와 메시지가 뚜렷할 것도 같다.
  아니다. 그 어떤 방향이 뚜렷하다 해도 그 어떤 방향은 갈 수도 없고 도착할 수도 없는 곳이다. 불필요하고 불가능한 것을 누가 또 골똘히 돌아보겠는가? 아무도 주목하지 않고 아무도 주시하지 않을 것이다. 비단 전형적인 서정시라 해도 시의 위상이 크게 위축되었다. 생각보다 아주 쪼그라들었을 것이다. 계속 바닥을 치고 있는 것 아닌가. 그렇다고 시만 바닥을 치고 있는 것도 아니다. 시만 아픈 것도 아니다. 시가 아프다고 시만 돌볼 순 없다. 그래도 시의 눈으로 시인의 눈으로 손절할 수 없는 일들이 너무 많다. 지금 이 순간에도, 폐지 조각을 주워 수레에 담아 끌고 가는 노인의 뒤를 멀거니 혹은 어둠 속에서 바라보는 시의 눈도 있을 것이고 시인의 눈도 있을 것이다. 또 그리 멀지 않은 곳에서 시인의 마음을 휩쓸고 지나가는 어떤 슬픔이나 아픔도 있을 것이다. 그리고 또 어떤 사유나 메시지라고 했지만 고작 어떤 분노와 연민과 슬픔과 아픔이 혼합된 상념일 것이다. 더구나 이 책이 무슨 정책을 입안하는 것도 아니고 무슨 정책을 수행하는 것도 아니지 않은가. 상념의 일단을 드러낸 것뿐이다. 여기저기서 뚱딴지같은 소리라고 뚱딴지같은 잡념이라고 또 씹지 않을지 모르겠다. 잠자코 앉아 굿이나 보고 떡이나 먹어야 하는데 본의 아니게 감도 배도 잘 모르면서 감 놔라 배 놔라 한 것 아닌지 모르겠다. (그럼에도 불구하고 개인적으론 과거 어느 한때처럼 속이 뻥 뚫린 것도 같다. 그래도 내내 마음도 걸음도 무겁고 불편하다. 또 복잡하다.)

▷바로 앞의 시집 인터뷰에서 읽었다. 그 어느 부분을 보면 이 에세이 시집의 일면이 납득될 것 같다. 잠시 인용한다. "돌아보면 나는 참 이상하게도 문학에 눈 뜰 무렵 거의 동시에 한국 사회의 정치적 모순에 대해서도 눈을 떴다. 내 시와 삶의 노선이 결정되는 순간이었을 것이다. 그 이후 한국 사회의 어떤 답답한 국면들이 시시때때로

끊임없이 나의 내면과 시의 내면에 음습했던 것 같다. 비록 시와 정치는 이질적이지만 나에겐 거의 동시에 순간순간 나타났다 사라지곤 하였다."

이제 시는 무엇을 납득하기 위한 것이 아니다. 무엇을 소통하기 위한 것도 아니다. 이 에세이 시집도 납득이나 소통과는 거리 두기를 하고 있다. 그냥 어떤 심경을 토로했을 뿐이다. 이번엔 '시와 정치'가 순간순간 나타났다 사라지는 것이 아니라 거의 전면적으로 나타났다. 그리고 사라지지 않고 앞에서 맴돌고 있었다. 그리고 그 '어떤 답답한 국면'을 순간순간 외면할 수도 회피할 수도 없었다. 하여 그 어떤 국면들을 시의 전면에 내세울 수밖에 없었다. 시의 전면에 이런 국면들을 내보내는 것이 쉽지 않다. 마치 벤치에 앉아 있던 교체 선수들까지 다 내보내는 심정이었다. 그러나 교체 선수들은 오히려 주전 선수들 못지않게 이를 악물고 뛰었고 작전을 잘 수행했고 공수 양면에서 선전(善戰)한 것 같다. 그러나 한 두 차례 공격 포인트는 있었지만 결국 패하고 말았다. 시는 그런 것이다. 이 에세이 시집도 그런 것이다. 시는 패배하는 것이지 승리하는 것이 아니다. 시는 패배할 때마다 승리하는 것이다. 그러나 시는 단 한 번도 승리하지 못할 것이다. 시는 끝까지 패배하고 또 패배할 뿐이다. (그렇다고 시가 늘 패배의식에 젖어 있다는 것은 아니다. 패배와 패배의식은 또 다른 것이다.) 그리고 또 하나 앞에서 언급했지만 일련의 시들을 탈고한 것도 이 시집을 착수하는데 있어서 직접적인 동력이 되었을 것이다. 그렇다고 하여 이 시집이 어떤 동력에 의한 것도 아니고 시가 어떤 동력에 의해 굴러가는 것도 아니다. 결국 또 패배할 수밖에 없을 것이다. 시는 다른 업종과 달리 패배의 끝을 향해 또 최대한 노력하는 것이다. 어떤 패배를 위하여 또 패배한다는 것이다. 거듭 말하지만 문학은 결코 승자의 축복이 아니라 패자의 쓸쓸함이다. 시의 일상이나 시인의 일상이 패배나 쓸쓸함일 수밖에 없다. 지금 이 순간! 이 땅에서 패배나 쓸쓸함이 일상인 그대들이여! 그대를 시의 이름으로 시인의 이름으로 기억하리라. 그럼에도 불구하고 이 에세이 시집은 딱히 기억할 것도 없는 허름한 백기(白旗)일 뿐이다. 이 깃발은 또 어느 곳에서도 환대 받지 못하고 문전박대 당할 것 같다. 그러나 백기를 펜처럼 움켜쥐고 패자의 길을 끝까지 걸어가야 할 것이다.

▷향후 각 정당의 경선이나 차기 대선 혹은 한국사회에 대한 전망은?
시인은 논객이 아니다. 시인은 정객도 아니다. 정치평론가도 아니다. 각 정당의 경선이나 대선에 관해 여기서 언급할 사항도 아니다. 시인은 사회를 전망하는 자가 아니다. 시인이 굳이 나서서 사회를 전망할 것도 아니다. 때때로 절망한 자가 무엇을 또 전망하겠는가? 그러나 시인 김남주 선배님의 육성을 그대로 옮겨 놓고 싶다. "전망이 없다. 절망도 없다." 다시 한 번 이 시집이 작금의 대선 정국과 마주쳤다 해도 전망이 없다. 그러나 절망도 없다. 또 이 시집은 어떤 정치적 리포트가 아니다. 심지어 어떤 정치적 행위도 아니다. 어떤 정치적 코스튬도 아니다. 우스갯소리로 말한다면 볼펜을 잠시 거꾸로 들었을 뿐이다. 이제 다시 볼펜을 똑바로 들고 슬프고 아름답고 또 막막하고 답답한 서정의 세계로 돌아갈 것이다. 그렇다고 볼펜을 거꾸로 들었던 그 길이 길 아니었던 것은 아니다. 그 길도 시의 길이었으리라. 여기서 할 말은 아니지만 비록 볼펜 한 자루를 셔츠 왼쪽 주머니에 쓸쓸히 꽂아놓고 살아도 그 왼쪽 주머니의 볼펜과 그 어떤 훈장이나 상장이나 명함과 바꾸지는 않을 것이다. 이런 것도 작가의 허영심이나 이기심이라고 한다면 너무 눈밖에 벗어난 짓일까? (끝으로 굳이 돌아보지 않아도 삶을 사는 것도 봄꿈 같을 때가 있고 시를 쓰는 것도 봄꿈 같을 때가 있다. 그렇다! 지난 두어 주 그리고 또 한 달여 봄꿈을 꾼 것도 같다. 그 꿈이 비록 헛꿈이었다 하더라도 꿈은 꿈이었다. 하여 봄날은 간다. 하하 봄날은 갔다.) 이런저런 우연 같은 잡담과 잡생각이 또 이런저런 인연 같은 시를 만났던 것 같다. 그러나 시는 한곳에 머물지 않을 것이다. 시인도 한곳에 더 머물지 않을 것이다. (不住於相) 시의 자리도 시인의 자리도 깨끗하게 다 치웠다. 이 시 앞에는 그대만 있을 뿐이다. 그대 앞에는 이 시만 있을 뿐이다. □

제1부

교육부에 대하여

차기 대선(大選) 국면에서 이 기억을 되살려야 하는지? 과거 어느 대선 후보 공약 중 교육부 폐지라는 게 있었다 그런 공약이 눈에 잘 띄던 시절이라 그런지 한참 지났는데도 지워지지 않고 있다 너무 오래된 기억에 의지하다 보니 왜곡된 기억이 아닌가 하고 살짝 긴장도 된다 그땐 그랬다 아니! 나라를 망하게 하려고 하나? 이 캠프가 돌았나 미쳤나 했었다 그러나 그 공약은 나라를 망하게 하는 것도 그 공약은 돌았거나 미친 것도 아니었다

가까운 어느 나라의 동일 부처 대학 관련 부서만 봐도 인력과 직제가 아주 단출하다고 한다 당장 부처 폐지는 아니더라도 대학 관련 부서 인력이나 직제는 대학입시 3불 정책-본고사, 기여입학제, 고교등급제-정도만 관리 감독하게 하고 손 떼면 안 되는 걸까 앞으론 대학 관련 부서뿐만 아니라 사회 각 부문에서 부서, 인력, 직제, 기구 등 축소는 물론이거니와 통폐합해야 할 때가 되었다 교육부 폐지가 교육 백년대계를 폐지하는 것도 아니고 오히려 작은 정부를 지향한다면 고려할 수 있는 것 아닌가 어느 대선 캠프에서 검토할 사항도 아니겠지만 대선 정국의 테이블에 한번 올려놓을 수 있는 것 아닌가?

교감 직제 등 공론화

이왕 폐지 애기 나온 김에 하나 더! 현직은 당연히 존중해야겠지만 향후 각급 학교 교감 직제 폐지도 공론화할 때가 되었지 않은가 물론 교감 업무가 과중하면 반드시 그 직제도 직위도 살려야 한다 교감이나 교장의 업무가 매우 독립적이며 각각의 업무 영역이 매우 전문적인 것이라면 그 직제도 직위도 그대로 두어야 한다

조금 더 논의의 범위를 확대하여 모든 직제나 직급은 단순화하는 게 맞다 혹시 옥상옥이라면 과연 누굴 위한 것인가? 혹시 자리를 위한 것은 아닌가? 모든 직제는 2단계, 즉 팀 단위로 1단계하고 팀 관리직 2단계만 있으면 족한 것 아닌가? 좀 엉뚱한 애기 같지만 축구 생중계 보다 보면 그라운드의 선수들과 감독이 직접 소통하는 걸 목격할 때가 많다 아 얼마나 단순하고 분명한 메시지 전달 체계인가 그리고 또 다음과 같은 직제나 직위가 필요한 것인가? 가령 부시장, 부실장, 부사령관, 부총장, 부사장, 부원장, 부총리 등등… 또 좀 다른 말이지만 디지털 시대의 소통 구조에는 수직적 직제나 직급보다 수평적 직제나 직급이 더 맞지 않을까 낚싯대 던져놓고 그냥 또 무위이화(無爲而化)해야 하나?

대학 뽑기

대학입시야말로 통 크게 싹 다 바꿔야 하리라 미국 하버드 대학의 마이클 샌델 교수의 파격적인 제안에 따르면 일정한 기준을 통과한 지원자를 대상으로 대학이 지원자를 뽑는 식으로 바꾸자는 것이다 짝! 짝! 짝! 아! 경천동지할 만한 일 아닌가? 운칠(運七) 기삼(技三) 아닌가?

지금 당장 우리 식으로 한다면 내신으로 5~10배수 1단계 선발하고 수능 최저 기준 정도 충족되면 (결국 수능 최저 기준도 싹 다 없애버리고) 제비뽑기로 최종 선발하자는 것이다 조심스럽지만 각 대학은 대학 입시에 치우치기보다 오히려 단과대학 단위로 특성화하는 데 더 치중해야 할 것 아닌가? 이거 어려운 일인가 이거 또 뜬구름일까

교육 불평등을 해소하자

교육 불평등을 해소하려면 무엇보다 먼저 직종 간 임금 체계도 균형을 좀 맞춰야 하고 직업 간 차별도 확 줄여야 하고 대학 입시도 확 뜯어고쳐야 한다 우선 과고나 예고 정도 빼고 자사고 등은 더 빨리 일반고로 전환해야 할 것이다 천릿길처럼 아주 먼 길이겠지만 교육 불평등을 해소하고 교육 격차를 줄이기 위해 한 발짝이라도 떼야 한 발짝이라도 줄일 수 있지 않을까

기회나 과정도 두 말할 나위 없이 평등해야 한다 기회도 과정도 어떤 평등을 위해서라면 다양하고 세심한 할당제까지 고려해야 한다 학령인구도 점차 줄어드는 마당에 아직도 왜 한 줄로 쭉 세워두어야만 할까? 이제는 언제 어디서든 어느 줄에 서 있든 그 어느 줄의 단 한 학생이라도 소홀히 할 수 없는 시대가 되었다 교육 평등은 하향평준화가 아니라 중간층이 두터운 중간평준화가 되도록 해야 할 것이다 그리고 그동안 끝도 없이 쏟아진 교육혁신에 대한 다양한 제안과 대안은 다 어디로 갔는가? 교육혁신에 대한 또 수많은 언론사 연중 기획 연재물은 다 어디로 갔는가? 핀란드 또는 북유럽풍 교육혁신 열풍은 다 어디로 날아가 버렸는가? 땅 속으로 꺼졌는가? 하늘의 허공이라도 되었는가?

전문대학을 살리자

위기에 처한 지방 소재 전문대학은 꼭 살려야 한다 커리큘림도 반년제 1년제 1.5년제 2년제 3년제 4년제 등 다양하게 할 수 있도록 학제 등 다 풀어줘야 한다 거의 직업교육 정도로 완전 실용 중심으로 전환해서라도 살려야 한다 가령 이모작을 위한 귀농경영학과 반려동물학과 배달앱개발학과 등으로 자유롭게 학과도 개편하고 신설할 수 있도록 각종 규제도 풀어서 자구책과 자율성을 대폭 허용해야 한다 아자! 아자!

지방 소재 전문대학은 지역 경제와도 관련이 있고 지역 인구정책과도 연계되기 때문에 시장 경제에만 맡길 순 없지 않은가 필요하다면 완전 야간 전문대학으로 몇 개 핵심학과 중심으로 특성화할 필요도 있지 않을까 또 1년제 기숙사형 전공 집중 전문대학도 가능하지 않을까 지역주민을 위한 무료 교양강좌도 가능하지 않을까 더 늦기 전에 지방 소재 전문대학은 그 자율성과 자구책을 맘껏 펼칠 수 있도록 각종 규제를 대폭 풀어줘야 한다 아자! 아자!

현장과 동떨어지지 않게

현행 국정 및 검인정 교과서 체제도 대폭 개선하거나 폐지해야 하지 않을까? 누차 기회 있을 때마다 강조했는데 고등학교 1, 2, 3 학년 교과서 활용 실태를 한번 조사해 보시라 교과서 이용률이라든가 현행 수능체제에서 교과서와의 연계성 같은 것도 조사해 보시라 아예 동떨어져 있거나 뚝 떨어져 있을 것이다 이제 교육이나 경제나 행정이나 정치나 사회 전반에 대해 현장에 기초하지 않는 것은 철저하게 폐지되거나 개선해야 하지 않을까

언제까지 탁상 공론해야 하는가 언제까지? 그리고 국민혈세가 들어가는 그 어떤 곳이면 더 집중적으로 현장과 동떨어지지 않게 해야 하는 것 아닌가 현장과 동떨어지지 않게! 현장의 생생한 목소리를 들어보시라! 조선시대 어느 시절처럼 대궐 밖을 행차하던 임금의 귀를 따갑게 할 정도로 꽹과리를 마구마구 두드려야 귀를 기울일 텐가? 그래도 뚝 떨어져 있을 텐가? 그리고 이왕이면 청와대 국민청원도 좀 더 파격적으로 개편할 수 없을까?

최인훈의 ≪광장≫을 교과서로 쓸 수 있어야

교과서도 동일학년 동일교과 내에선 자율성을 보장할 때가 되었다 더 나아가 궁극적으론 이를 테면 일정한 텍스트 중에서 한 교사가 임의대로 선택할 수 있어야 한다 물론 내신이나 수능이나 대학입시가 먼저 개선되어야 하겠지만 예컨대 고등학교 2학년 문학시간엔 최인훈의 ≪광장≫을 교과서로 쓸 수 있어야 한다 언제까지 결말 부문만 쪼개서 배우고 가르쳐야 할 것인가? 한국문학의 범위와 역량을 반으로 쪼개고 다시 또 반으로 쪼개서 또 쪼개서 거덜 낼 작정인 것 같다 그렇지 않은가?

황석영의 소설, 이청준의 소설, 박태원의 ≪천변풍경≫, ≪백석시전집≫, 김수영의 ≪거대한 뿌리≫, 신경림의 ≪가난한 사랑노래≫, 황동규의 ≪삼남의 내리는 눈≫ 등등 중고교 시절에 한국문학을 폭넓게 읽고 더 크게 토론할 수 있어야 한다 영국이나 프랑스의 문학교육 현장 실태를 한번 돌아보시라 그들은 어떻게 살고 있는지 보라 위의 작품들을 수업시간 텍스트로 통째로 쓸 수 있는 날이 과연 올 수 있을까 또 멀고 먼 잠꼬대 같은 소일까?

수능

이제 다시 수능을 어떻게 해야 할까? 수능은 대학 수학능력시험의 준말 아닌가 수능이야말로 말 그대로 대학 수학능력만 확인하는 자격고사로 전환하는 게 옳지 않은가 더 나아가 아주 가까운 미래에 수능은 완전히 폐지해야 하리라 참고로 "수능문제를 보면… 진짜 분노합니다" (혁신가 김도연 포스텍 총장, 월간조선, 2019년 2월호)

오지 선다형 수능은 창의적 교육이나 토론식 교육의 거대한 장벽이리라! 수능을 포함하여 객관식 시험은 조속한 시일 내에 축소되거나 전격 폐지해야 할 것이다 수능 폐지론자들의 토론과 합리적인 정책 제안이 지속적으로 이루어지길 바랄 뿐이다 어디서 결정하는지 어디서 결단을 내리는지 부지하세월 또 기다릴 수밖에 없는 노릇인가 (그러나 지난 4월 20일 여러 언론 보도에 따르면 교육부는 2022년 개정 교육과정과 함께 2028학년도부터 수능 시험에서 논술형 서술형을 어느 정도 반영할지 검토하고 있다고 한다! 마침내 수능은 서서히 곧 붕괴될 것이다!)

다문화 가족 및 이주노동자 교육 지원

2019년 교육기본 통계에 따르면 초중등 다문화 학생 수는 13만 명이고 전체 학생의 2.5%를 차지한다 2012년 이후 계속 늘어나는 추세라고 한다 또 이미 지자체 단위로 한국어 교실 등을 운영하고 있지만 국가기관과 공공기관에서도 직접 나서야 하지 않을까

우선 지자체에서는 한국어 교육 등을 운영해야 하겠지만 좀 더 큰 그림을 그려야 할 것이다 물론 여가부의 다문화가정 지원제도 도 있고 또 다누리 콜센터 등도 있다 그러나 그런 것보다 더 큰 이른바 또 다른 한류 문화를 창출해야 할 것이다 무엇보다 그들도 이미 우리 사회의 구성원이라는 인식부터 가져야 할 것이다 그리고 더 나아가 그들의 문화와 언어를 흡수하는 것이 아니라 오히려 그들의 정체성을 더 크게 존중하고 보호하고 포용해야 할 것이다 더 큰 한류는 결국 더 큰 다양성의 포용 문화 아닐까? 이주민 심지어 이민 문제를 우리보다 먼저 고민했던 선진국들은 어떤 정책을 펼쳤을까?

교육혁신

대한상공회의소가 진행한 '국가발전 프로젝트 공모전'의 주제별 응모현황을 보면 친환경 관련(18%), 청년 창업 등 일자리 지원(17%), 4차 산업혁명 관련 신기술(11%), 지역 균형발전, 저출산 고령화, 소상공인 지원, 제도혁신 그리고 교육혁신에 관한 순이었다고 한다 대한상의의 공모전이 이처럼 민첩하고 또 얼마나 시의적절한가 그렇지 않은가

무엇보다 그 공모전에 응모한 교육혁신에 관한 내용이 궁금하다 그 구체적인 내용엔 과연 무엇이 들어 있었을까? 혹시 6,3,3 학제 전면 개편 아니었을까 특목고 전격 폐지 아니었을까 초중고교 학교 선택권 대폭 확대 아니었을까 토론식 수업 전면 시행 아니었을까 개별 발표 그룹 발표 중심의 평가 방법 개선 아니었을까 대입 심층면접 혹은 구술고사 강화 아니었을까 수능 유예 기간 공시 후 수능 전격 폐지 아니었을까 매주 1일 온라인 수업 실시 아니었을까 현행 고교 내신이나 수능 등급제 폐지 및 백분위 등급제 전환 아니었을까 아니면 고교 내신 절대평가 전면 실시 아니었을까 이것보다 더 기상천외한 내용이나 제안이나 어떤 혜안이 쏟아졌을까?

예체능계 학원

예체능계 사설학원은 이미 또 다른 교육관련 기관 아닌가 이제는 예체능계 학원과 공교육을 떼어놓고 생각할 수도 없고 또 떼어지지도 않을 것이다 하여 예체능계 학원과 공교육을 연계하여 하나의 통합된 커리큘럼으로 개편하면 어떨까 일정 방향만 정해 놓으면 충분히 좋은 아이디어가 속출할 것이다 따로 따로 떼어놓지 말고 하나의 통합 시스템으로 묶으면 더 좋지 않을까 아니면 그냥 이렇게 내버려둘까

학부모 입장에선 예체능계 학원은 사교육이 아니라 이미 공교육이 된 거 아닌가 학령인구는 해마다 급격히 줄고 있지만 학생들의 맞춤형 재능과 감성과 체험은 그 무엇보다 더 소중할 것이다 이러한 연계 방안에 대해 마음을 열어놓고 고심해야 할 것이다 서로 다른 것도 한데 묶어 통섭한다고 하는데 같은 장르끼리 묶는 것이야 더 좋은 거 아닐까 그것도 아니면 일정기간 유초등생 대상 예체능계 학원 사교육비를 국가가 대신 좀 부담하든가 누이 좋고 매부 좋은 일 아닐까?

예체능 교육

우리나라도 이제 예체능 교육에 대해 눈을 크게 뜰 때가 되었다 학교 공교육부터 눈을 떠야 한다 적어도 초등학교에서는 30% 이상 예체능 교육이 이루어져야 한다 학교에서 체육도 하고 음악도 하고 미술도 하고 수영도 하고 양궁도 하고 발레도 하고 골프도 하고 심지어 등산도 하고…. 예술적 감수성에 대한 기초교육도 공교육의 범주에 포함되어야 한다 이럴 땐 눈 크게 뜨고 다른 나라 교육과정도 좀 들여다보자

물론 이 모든 것은 학생의 사전 선택권이 우선되어야 한다 아무튼 메뉴가 많으면 많을수록 좋고 인근학교와 연계해서 다양하고 풍성한 프로그램을 제시하면 더 좋으련만…. 이 또한 너무 요원한 것인가 그냥 각자 알아서 하고 늘 그렇듯이 각자 알아서 제 길을 찾아보고 또 찾아가야 하는 것인가 그게 더 나은 걸까 그게 더 나을까

공적 논의의 수평적 구조를 돈독하게 하기 위하여

심층면접을 확대하자 물론 각급 학교부터 교육 현장에서 토론식 수업을 확대하고 심층면접을 확대하자 입시는 물론이거니와 입사 시험에서도 심층면접을 확대하자 평가방법도 좀 더 획기적으로 하고 또 교육 현장에서부터 심도 있게 하나하나 준비할 수 있도록 하자 그리고 가령 어느 대학 입시는 내신×, 수능×, 논술×, 학생부× 등 그야말로 심층면접 100% 전형으로 뽑자 가즈아!

이제는 객관식에서 벗어나자 사람이든 지식이든 단편적인 지식만을 평가하던 시대가 아니다 집단 토론, 개별 토론 등 다양한 형식을 통해 토론과 심층면접 혹은 구술시험이라는 두 마리 토끼를 잡자 세 마리 네 마리 토끼를 다 잡자 학교에서부터 입시에서부터 입사에서부터 더 나아가 우리 사회의 공적(公的) 논의의 수평적 구조를 돈독하게 하기 위하여~ 가즈아!

바칼로레아 1

　미국식 SAT 같은 수능을 당장 폐지하기 어려우면 프랑스 BAC 즉 바칼로레아—고교 졸업 자격시험인 동시에 대학입학 자격시험—처럼 논술형으로 바꾸면 어떨까? 물론 시행하기 훨씬 전부터 초중고 수업방식도 논술형으로 차례차례 바꿔야 하고 이 또한 할 수 없는 일인가? 어떻게 해서든지 지금의 수능은 대폭 개편해야 하지 않을까 (참고로 포스텍(POSTECH)은 이미 오래 전부터 수능과 아무 상관없이 신입생을 뽑고 있지 않은가)

　이제 객관식 문제는 어떻게든 털어내야 한다 조금씩 조금씩이라도 객관식 문제를 털어내야 한다 지금 당장 다 털어내진 못해도 객관식 문제를 조금씩 털어내야 한다 프랑스의 바칼로레아, 독일의 아비투어도 객관식이 아니라 다 논술형이다 더구나 지난 6월 수능 응시생이 1천만 명을 찍었다는 중국 수능시험인 가오카오(高考) 첫날 국어시험엔 논술 문제가 2개나 출제되었다고 한다 중국을 보면 결코 요원한 것도 아니다 객관식 문제를 조금씩 털어내다 보면 어느새 요원한 것도 눈앞에 더 다가오지 않겠는가?

바칼로레아 2

프랑스 바칼로레아의 기출 문제 하나 제시할까? 남들은 어떻게 살고 있는지 알게 될 것이다 동시에 우리의 논술 문제를 돌아보게도 한다 우리는 바칼로레아 근처에도 못 갈 것 같다―참고로 1808년 나폴레옹 시대부터 시작했다는 바칼로레아 중 비중이 가장 높은 필수과목 철학 시험시간은 4시간, 이 철학 주제는 프랑스 일간지와 공영방송이 보도하여 사회적인 토론 주제가 될 정도라고 한다 절대 평가로 20점 만점에 10점 이상 받아야 합격하고 합격률은 80%라고 한다 다음은 2019년 바칼로레아 인문계 철학 기출문제이다 "시간을 피하는 것은 가능한가?", "예술작품을 설명하는 포인트는 무엇인가?", "헤겔의 〈법철학 발췌문〉을 읽고 평가하라" 계열에 맞춰 세 주제 중 하나를 선택한다*

조금 다른 말이긴 해도 수능도 아니고 객관식도 아닌 새로운 것이 나타났다 대구시교육청은 국제 바칼로레아(IB) 교육과정을 역점사업으로 도입 추진하고 있다 그리고 경북대 사대부고 등 국제 바칼로레아 본부의 IB 고등학교 프로그램(DP) 인증을 준비하고 있다고 한다** 수능도 넘어서고 객관식도 넘어서고 심지어 바칼로레아도 넘어설 수 있는 것?

* 송송이 글로벌 리포터 (EBS 2021. 6. 8)
*영남일보 (2021. 8. 16)

교육상담 콜센터

교육상담 콜센터 같은 거 운영하면 어떨까? 교육계 퇴직자 중심으로 교육 관련 무료 전화 상담하면 어떨까? 초중고교 교과별 또 입시든 진로든 분야별 교육 전문 상담 콜센터 시범 운영하면 어떨까? 학부모 대상으로 또 학생 대상으로 운영하면 어떨까?

별로 호응이 없을까? 뭘 그렇게 상담할 것도 없고 딱히 상담 받으면서 할 것도 없고 그렇다고 무슨 정답이 있는 것도 아니니까…. 누구한테 물어보고 누구한테 조언을 들을 것도 아니니까…. 굳이 콜센터에 전화하지 않아도 물어볼 데가 많고 유튜브도 있고 구글도 있고 학원도 있고 인터넷 카페도 있고 여기저기 가르쳐 주는 곳도 많은데 굳이 콜센터까지 찾아서 전화할까 정말 그럴까? 어느 구청에서 시범 운영이라도 하면 어떨까? 이런 것도 하지 마라?

기초과학, 과학기술 등 이공계 대학원 지원

기초과학, 과학기술 등 이공계 일반대학원 석박사 과정 중인 대학원생은 재정적 지원을 더 많이 해줘야 하지 않은가 학비는 물론이거니와 기숙사 제공이라든가 기본 생활비 등 중견기업 수준의 연봉으로 지원해줘야 하지 않을까 헝그리 정신도 중요하지만 학비 걱정하면서 생활비까지 벌면서 기초과학, 과학기술 및 이공계 전공 분야에 집중하는 게 너무 어렵지 않은가 인재 해외 유출도 생각해봐야 하지 않을까

전국의 기초과학, 과학기술 등 이공계 대학원 재학생 학업 실태를 확인해 볼 까닭이 있지 않을까 기초과학, 과학기술 등 이공계 대학원의 열악한 현실은 대학의 문제가 아니라 개인의 문제가 아니라 담당 부처의 문제가 아니라 정권 차원의 문제가 아니라 국가적 차원의 문제가 될 수 있기 때문이다 미래 먹거리 문제와 직접 관련이 있기 때문이다 그렇다고 어느 특정대학 한두 곳에 집중 지원하는 것도 바람직하지 않다 좋은 선수는 시야도 넓고 그라운드를 넓게 쓸 줄 알아야 할 것이다 가령 특화된 각 대학 부설 과학기술 연구소를 선정하여 집중적으로 지원하는 것도 고려할 수 있지 않을까 이 또한 어떤 우선순위에서 밀릴 수밖에 없는 것인가 또 그럴 수밖에 없는 것인가 또! 또!

무료 관람

전국의 미술관, 박물관 또 연극, 오페라, 뮤지컬, 오케스트라 등
모든 공연장, 예술회관 등 무료 관람하게 하자 물론 관람 비용이
나 입장권의 일부는 중앙정부나 지자체에서 일정 금액을 지불하
게 하자 문턱이 너무 높아서 들어가지 못한다면 중앙정부나 지자
체가 그 문턱에 대해 고민을 좀 해야 하지 않을까 이 또한 어려운
일인가 그런 것인가

우선 영유초중고생 및 대학생부터 순차적으로 무료 관람하게
하자 그들만이라도 돈 생각하지 않고 무작정 입장하게 하고 무한
정 관람할 수 있게 하자 그와 같은 예술적 체험은 학교 다닐 때부
터 해야 피가 되고 살이 되는 거 아닐까? 우선 국공립 시설부터
모범적으로 문턱을 대폭 낮춰야 할 것이다 그들에게 더 세심하게
그들에게 더 맞춤형으로 지원하자! 그들에게는 더 아낌없는 나무
가 되어야 한다 독일은 고가의 악기도 일정기간 무료로 대여해준
다고 한다 아 국가나 관련 음악대학이 나서서 악기도 총괄 관리
한다는 것이다 그 세심한 시스템에 놀라울 따름이다 우리는 어떤
철학도 어떤 계획도 어떤 구상도 어떤 비전도 어떤 고뇌도 어떤
신념도 어떤 정치적 결단도 그리고 어떤 분노도 없는 것 같다

청소년 수련원

전국의 국공립 청소년 수련원과 생활관 등을 일괄적으로 점검하고 정비하자 시설이 부실하면 거의 민영 리조트 급으로 시설을 확충하고 진입 도로망이 부족하면 도로망을 정비하자 그리고 국립이든 공립이든 지자체 시설이든 한곳으로 모아 통합시스템으로 관리하자 그리고 전국의 청소년 수련원을 전국의 청소년들이 연중 수시 사용하게 하자 최소 경비만 지불하게 하자

무슨 무슨 틀에 박힌 프로그램을 운영하지 말고 무슨 무슨 강좌 같은 것 개설하지 말고 요즘 청소년들의 취향에 맞게 그들이 스스로 프로그램을 설계하고 그들이 뭔가 자율적으로 프로그램을 운영할 수 있도록 하자 그들만의 장을 만들어주자 다만, 식단이나 숙박시설이나 보안이나 경비 등 안전에 관한 것만 총괄하여 잘 관리하자 가능하면 그런 분야조차 민간 전문 업체를 선정하여 일정 부분 위탁하여 운영하게 하자

제2부

대선 공약

차기 대선 경선 정국에서 굵직굵직한 공약들이 쏟아졌다 예컨대 주 4일 근무제, 비정규직 평등수당 도입, 성평등 임금 공시제와 최고 임금법 도입(살찐 고양이법), 3대 기득권 타파, 공공부문부터 직무급제 확대, 공무원 연금과 국민연금 통합, 돌봄 등 사회서비스 확대, 문화예술 정책에 대해 정부는 입은 닫고 지갑만 열고, 사회적 대타협을 통한 균형과 상식 회복, 죽음을 무릅쓰고 노동하지 않아도 되는 나라, 한반도 평화경제체제 및 북방경제 활성화, 지방 분권형 개헌 추진, 각 후보 간 공통공약추진시민평의회구성, 대통령 비서실 축소, 17개 시도 폐지 및 광역단위 메가시티육성, 검찰총장 직선제 및 법무부 폐지, 공무원 20% 감축, 역세권 첫 주택 20만호 공급(50% 기부체납 공공 분양주택 공급), 청년도약보장금 및 청년도약저축계좌, 청년고용보장제, 성 평등 사회를위한 국가대개혁, 중앙부처 및 공공기관 통폐합 등 조직 개편, 국방과학연구소(ADD) 기능 확대 및 인재 확보, 국회의원 감축, 각도(道) 폐지 등 대선 공약이야말로 그 시대적 정신과 한국 사회의어떤 방향을 상징하는 것 아닌가?

공약(公約)은 공약(空約)이 되지 않는 게 중요하다 대선 후 경실련, 민변 등 시민단체 중심 공약 이행 평가위원회를 만들어 공약 이행 비율을 정기적으로 공개할 때도 되었다 공약이 또 현장과 시장과 공동체를 위해 적합한지 동시에 평가할 때도 되었다

버니 샌더스

미국 버니 샌더스 민주당 대선 경선 후보의 2020년 일부 공약을 보시라 예컨대 그린뉴딜, 공적 의료보험체계 확립, 공립대학 등록금 무료 및 학자금 대출 탕감, 최저임금 시간 당 15달러, 남녀 평등 임금 실현, 거대은행 해체, 약값 인하, 불법 체류 청소년에게 영주권 부여 등─미국은 지금 어디로 가고 있는지 한번 보시라 세계가 지금 어디로 가고 있는지 한번 보시라

참고로 ≪버니 샌더스의 모든 것≫(이영 번역, 북로그컴퍼니, 2015)의 부록 17가지 대선 공약 제목만 소개해도 될까 한번 보시라 예컨대 소득과 부의 불평등 해소, 대학 무상교육, 적절한 보수의 일자리 창출, 생활임금 지급, 기후변화와 환경 문제 대처, 인종 평등 실현, 공평하고 인도적인 이민정책, 여성인권 신장, 사회보장의 강화 및 확대, 재향군인에 대한 예우, 성소수자 평등 실현, 전쟁 종식, 평화 수호, 이란 핵 협상 지지 등등

부동산 문제: 신혼주택 청년주택

각 정당 대선 경선 후보 캠프에서 부동산 당면 문제를 왜 더 파격적으로 더 구체적으로 대안을 제시하지 않을까? 집권 후에 하겠다는 걸까? 또 하나는 무엇이 문제인지 동시에 다 파헤쳐서 밝혀야 하지 않을까? 다른 건 몰라도 부동산 당면 문제에 대해 대선 후보 캠프나 중앙정부나 각 지자체가 문제를 해결하고 개선해야 할 일이 많지 않을까? 적어도 신혼주택과 청년주택은 반년 1년 2년 5년 10년제 단위로 이를 테면 기본 주택 개념으로 접근하고 또 향후 공급 물량도 충분히 확보해야 하지 않을까? 또 잠자코 있어야 하나 세월이나 쳐다보고 있어야 하나

첫째 매우 파격적이고 매우 구체적이고 매우 현실적인 신혼주택 분양과 공급 계획을 밝혀야 하지 않을까 무엇보다 신혼주택 당사자들로부터 호응을 얻을 수 있는 조건! 둘째 매우 파격적이고 매우 구체적이고 매우 현실적인 청년주택 분양과 공급 계획도 밝혀야 하지 않을까 무엇보다 청년주택 당사자들로부터 호응을 얻을 수 있는 조건!

청년 국민제안 코너

청년 문제를 기성세대가 접근하지 말고 청년들에게 마이크를 건네면 어떨까? 그리고 차차기 정부쯤에서 대통령 직속 가칭 청년 국민제안 온라인 코너를 상설로 운영하고 24시간 개방하면 어떨까? 현안에 대한 청년들의 문제 제기와 대안을 동시에 어디선가 수렴해야 하지 않을까? 아니면 그들의 문제를 섬세하고 정교하게 캡처하든가 청년 문제는 국회나 기성정당에서도 지속적인 관심 분야 아닐까? 아니면 청년 문제도 국정 현안으론 비중이 좀 작다는 걸까

그들 스스로 문제 제기하고 제기된 문제를 공론화하고 일정 부분 해결책도 도출하고 제시할 수 있는 사이버 광장을 마련해 보자는 것이다 이 문제도 비서관이나 중앙부처 담당자한테 일임하지 말고 아예 청와대에서 직접 관심을 가질 수 있도록 하면 어떨까? 이것도 소위 국정에 관한 업무 영역이 아닌가 청년 문제는 외교나 안보와 급이 달라 국정이 될 수 없는가? 그럼에도 불구하고 청년 문제를 국정에 적극 반영하면 어떨까?

자전거 전용 도로

어디선가 거론된 바 있지만 서울 시내 도로 중에서 한 차선을 완전 자전거 전용 도로로 만들면 어떻겠는가 한 번도 가본 적은 없지만 독일 뮌헨이나 덴마크 코펜하겐이 그야말로 자전거 도로 천국이라고 들었다 중앙부처 혹은 지자체 관련 업무 팀을 선발하여 뮌헨에 1~2년 정도 집중 연수하게 하여 뮌헨과 코펜하겐의 모델을 그대로 직수입하면 어떨까?

지방의 한 소도시를 시범 운영하게 하여 서울 등 대도시로 확대하면 어떨까? 자전거를 타고 맨날 중랑천이나 한강변을 달리게 할 게 아니라 아주 실용적으로 은행에도 가고 마트도 가고 출퇴근도 하고 등하교도 하자는 것이다 이것도 어렵다면 주 하루 또는 한 달에 하루라도 자전거 전용 도로 통행의 날을 지정하여 운영하면 어떨까? 이것저것 다 어려운 일인가 언제까지 쉬운 일만 할 것인가? 그냥 걸어서 다녀야 할까?

국민 눈높이

대한상의처럼 국가발전 프로젝트 공모전 같은 거 중앙 부처 혹은 국무총리 산하 기구에서 연중 전담 시행하면? 국민들의 구체적인 여론도 실시간 확인할 수 있고 국민들이 국가정책에 대해 제안도 할 수 있고 국민들이 국정에 참여할 수도 있고 또 그런 기회도 되고 그렇다면 일석이조 아닐까 아 일타삼피?

참신한 아이디어가 쏟아져 나올 것 같다 국민들의 그런 참신한 아이디어를 국정에 반영하는 것도 국가가 해야 할 일 아닌가 직접 민주주의의 모델? 국민의 눈높이가 국정의 눈높이보다 결코 작거나 낮지도 않을 것 같다 국정이 때때로 오히려 국민들의 눈높이보다 낮았거나 너무 작았던 적이 많지 않았던가? 국정도 이제 국민의 눈높이를 더 예민하게 의식할 때가 되었다 거의 모든 사안마다 국민들의 눈높이를 지나칠 정도로 하나하나 살펴보시라 국정의 눈높이에 국민들의 눈높이를 더 세심하게 반영하고 실시간으로 업데이트하시라 국민의 눈높이가 또 하늘을 찌르기 전에! 또 이를 테면 국회의원 등을 대상으로 한 국민 소환제를 적극 도입해서라도 국민 눈높이에 응답해야 하리라

책임 장관제 1

국정 경험이 전무하여 혹은 헌법 지식이 부족하여 그런지 모르 겠지만 장관 책임제를 도입하여 내각의 책임을 강화하면 어떨까? 대통령 비서실 업무 중에서 내각으로 이관할 것은 내각으로 이관 하면 어떨까? 말하자면 각 부처의 책임과 자율을 강조하면 오히 려 국정 동력과 효율이 떨어지는 걸까?

그래도 책임 장관제를 적극 고려해 볼 때가 되지 않았는가 그야 말로 정치적 책임과 법률적 책임과 행정적 책임을 다 갖게 하는 것 이다 일정기간 임기도 보장하고 어느 선에서의 인사권도 적극 보 장하고 부처 총괄 지휘권도 실질적으로 독립적으로 행사할 수 있 게 하는 것이다 이것도 현행 대통령 중심 체제에서는 곤란한 일인 가 내각책임제가 아니라 책임 내각제를 하자는 것인데 이것도 허 무맹랑한 소리일까? 이것도 이른바 헌법정신에 어긋나는 것일까?

인사청문회

차기 혹은 차차기 정부에서는 국회 인사청문회 하기 전에 장관 인사 지명하기 전에 장관급 인사 기준 목록을 공개적으로 정해 놓고 목록별로 결격사유가 없다는 것을 언론에 공개하면 어떨까 소위 7대 인사 배제 기준 즉 병역 기피, 세금 탈루, 부동산 투기, 위장전입, 논문 표절, 성범죄, 음주운전 외 필요하면 몇 가지 더 보충해서 아예 못을 박아놓으면 어떨까? 못을 박아두어도 그 못을 개무시하면 그만?

아니면 더 보충하지도 말고 이거라도 잘 지킬 수 있도록 하는 게 나을까 아니면 적어도 이 7대 인사 배제 기준을 좀 더 구체적으로 사례까지 제시하여 더 이상 입도 뻥끗하지 못하도록 대못을 박아두면 어떨까 임명은커녕 지명 단계에서부터 이 7대 기준에 대한 논란과 공방 때문에 가령 도덕성이나 희생정신이나 직무 능력이나 창의성이나 통찰력이나 섬세한 리더십이나 현안에 대한 정무적인 판단이나 정책과 관련된 비전이나 민주적 의사결정 중시 등은 미처 손도 못 쓰는 경우가 허다한 것 아닌가 그것은 또 곧바로 인사검증 및 인사청문회의 부실로 이어질 수밖에 없으리라 그것은 또 곧바로 인사검증 및 국회 인사청문회의 위상조차 쪼그라들 수밖에 없으리라

기득권

기득권은 교체하는 것이 아니라 타파하는 것 아닌가 차기든 차차기든 이것은 차마 어려운 일인가 한번 형성된 어떤 기득권은 좀처럼 붕괴되지 않는 것인가 그래서 기득권이라고 하는가 아! 기득권은 교체되는 것이지 타파하는 것이 아니라는 말인가? 기득권이라는 것도 어느새 금기사항이 되었는가? 기득권이라는 것도 딱딱한 껍데기 같은 금단의 영역이 되었는가? 어느 시인의 육성으로 다시 한 번! 껍데기는 가라! (한 번 더!) 모든 껍데기는 가라!

북유럽의 어느 국왕 패밀리는 국가적인 공식 행사가 아니면 지하철 등 대중교통으로 이동하는 걸 보았다 영국의 어느 하원의원이 자전거로 출퇴근 하는 것도 봤다 지하철이나 자전거는 기득권을 내려놓는 순간 아닌가 가령 어느 특정 집단의 기득권 사례를 국가별로 비교하면 어떨까 예우가 부족하면 좀 더 올려주고 예우가 지나치면 좀 더 내려놓고 좀 더 내려놓은 기득권은 혈세를 내는 국민들한테 돌려주고…. 그리고 좀 엉뚱하지만 진보(進步)는 결국 진일보하는 것이며 진보는 결코 한곳에 머물지 않는 것이며 진보는 또 승리하여 진일보할 때도 있겠지만 때때로 패배할 때마다 진일보하는 것이며 진보는 기득권의 줄에 서지 않는 것이며…

등불

북경대학 어느 노교수 연구실은 늦은 밤이라 해도 항상 불이 꺼지지 않는다고 한다 지금 그 노교수는 은퇴를 했을 테고 등불을 또 밝혀 놓은 연구실이 있는지 모르겠다 암튼 누군가 어두운 밤에 어디선가 등불을 밝히고 있다는 것은 예나 지금이나 어느 시대를 막론하고 그 어떤 별빛보다 더 밝고 아름다운 것이다 작은 등불 하나가 커다란 별이 될 때가 있다

어두운 밤에 하늘의 별빛 같은 노교수의 등불은 또 어딘가 있을 것이다 그러나 때때로 어두운 밤에는 별빛도 중요하고 등불도 중요하고 드디어 촛불도 중요하고 횃불도 중요하다 (아아 광장의 촛불이여!) 그러나 이제는 노교수의 등불이 아니라 청년들의 등불이 중요한 시대가 되었다 그 청년들의 등불은 AI와 함께 곧 도래할 것이다 세상은 이미 그들과 AI에 의해 교체되고 있다 이제 곧 세상이 바뀔 것이다 노병은 서서히 어쩌면 급하게 물러나야 할 것이다

중대선거구제

정치권에서도 거론되는 일이지만 현행 국회의원 소선거구제를 중대선거구제로 전환할 때가 되지 않았는가? 무엇보다 승자 독식이 아니라 무엇보다 거대 양당이 다 가져가는 선거제도가 아니라 좀 더 다양한 인물들이 다양한 세대들이 다양한 가치나 이념들이 다양한 집단이 국회에 진출하여 의사결정에 참여할 수 있도록 국회부터 문을 활짝 열어놓아야 하지 않을까 또 국회만 쳐다보아야 하고 멀고 먼 선거제도만 쳐다보아야 하는가 아니면 말없이 산멍이나 하고 말없이 물멍이나 하라는 걸까

소수 정당의 등장을 위해 선거구제의 변화가 필요한 것 아닌가 소위 2중대니 3중대니 그런 것 말고 제3당 제4당 제5당 제6당… 그리고 정당들끼리 서로 책임 연정도 하고 서로 견제도 하고 서로 정책 경쟁도 하고 일사 분란한 정당 활동이 아니라 국회의원이 곧 하나의 국가기관으로서 국민의 뜻을 받드는 정치가 되어야 할 텐데…. 다시 제3당 제4당 제5당 제6당 이른바 다당제로 다양한 정책이나 정치철학이 세상 밖으로 세상 속으로 국회 안으로 내각으로 크게 가로지를 때가 되지 않았는가? 그때가 도대체 언제쯤일까? 또 오랫동안 그때를 기다리며 산멍 물멍 해야 하나?

인구정책

국가 인구 정책 총괄 부처나 전문 전담기구가 필요하지 않을까 인구 정책은 더 철저하게 통계도 분석하고 예측하고 관리해야 할 것 아닌가 인구 정책은 통계를 집계하고 발표하는 단순한 업무가 아니라 총체적으로 대응하고 대비하고 대처하는 정책적 판단과 대책이 중요하지 않을까 인구 5천 1백만 명의 시대가 언제까지 지속될 수 있을까? 이른바 잠재 성장률 3대 요인 중 하나인 노동력 과도 직접 연계되는 것 아닌가 인구 정책마저 정책의 어떤 전환이 필요한 시대가 되었다는 것 아닐까? (최근 감사원의 '저출산 고령화 감사 결과 보고서'에 따르면 50년 후 한국 인구 3689만 명, 100년 뒤 1510만 명으로 예상되었다)

벌써 이웃 나라는 1억 명 인구 대책 및 저출산 겸임 중앙 부처 각료―1억 총 활약상―자리를 만들어 총괄 전담하고 있다 우리도 어디선가 하고 있겠지만 눈에 보이는 활약이 없는 것 같다 10년 간 저출생 관련 예산 100조를 쏟아 붓고 어떤 성과조차 없다면 무엇이 또 문제인가 피드백은 하고 있는가 또 국민들이 문제인가 어떤 경우라도 국가는 선량한 국민들에게 화살을 돌리지 말라 국민을 향하는 게 맞을까 국가를 향하는 게 맞을까

홀짝제

서울 4대문 도심 차량 진입 홀짝제 운행하면 어떨까? 시범적으로 일주일에 하루라도 아니면 한 달에 한 번이라도 아니면 사계절에 한 번이라도 그것도 어려우면 일 년에 단 하루라도 이틀이라도…. 단지 환경 문제뿐만 아니라 보행자도 좀 살고 시민도 좀 살고 4대문도 좀 살고 그것 하나만 해도 관광 상품이 될 것도 같지 않은가? 서울은 관광도시로서 경쟁력을 어느 정도 갖추고 있을까? 암튼 한 달에 한 번 10부제라도….

물론 영업용 택시를 비롯하여 생계형 차량이나 긴급 차량 등은 마땅히 제외해야 하겠지만 도심 홀짝제는 한 번쯤 숙고해 볼 수 있지 않을까 아무리 숙고해도 현장에서 실현하기 어려운 일인가 원 포인트 찬반 주민 투표 같은 것도 위험한 일인가? 아니면 여론 조사라도 한 번 하면 어떨까? 혈세가 많이 들면 하지 말고…. 대한상의 공모전에 이런 내용이 들어온 것 없을까 뚱딴지같은 소릴까 뚱딴지 아니면 어쩔 텐가?

통행료 무료

또 뚱딴지같은 소리 하나 더! 두 시간이면 동해바다를 볼 수 있는 영동고속도로를 연중 통행료 무료화하면 어떨까? 시범적으로 일 년에 단 하루라도 아니면 사계절에 한 번이라도 아니면 한 달에 한 번이라도 아니면 일주일에 하루라도…. 그것도 어려우면 아님 말고!

물론 고속버스나 관광버스 등 영업용 차량은 제외해야 하겠지만 한 번쯤 내부적으로 밀실에서 검토해 볼 수 있지 않을까 아무리 검토하고 숙고해도 실현하기 어려운 일인가 동해바다 한 번씩 다녀오게 하는 게 그리 어려운 일? 또 뚱딴지같은 소리? 뚱딴지같은 소리 아니면? 다시 한 번! 가령 한 달에 한 번이라도 영동고속도를 무료로 달려가서 동해바닷가에서 차박(車泊)하는 여유를 누릴 수 있으면? 해당 지자체에서 한 번쯤 검토하고 숙고해볼 만한 일 아닌가?

청년할당제

의정 활동이 전무하여 그런지 몰라도 차기 총선에선 국회의원 후보자 중 청년할당제를 정하면 어떠하리? 청년들에게 청년 문제를 해결할 수 있는 활로는 열어줘야 하는 것 아닌가 아 이 활로도 그들 스스로 개척하게 하는 게 맞는가? 그 길은 오직 그 길을 걷는 자만의 피와 땀과 눈물의 대가인가? 아님 다시 한 번 모여 외쳐야 하는가?

지금은 각 당 국회의원 후보조차 나서기 어려운 일 아닌가 정치적 의지만 있으면 할 수 있는가? 좀 열려 있기는 한가? 국회의원 후보 30% 정도 청년 몫으로 떼어 놓으면 좋겠는데…. 우선 국회의원 입후보 문턱이라도 대폭 낮추면 어떨까 청년 입후보자들을 위해 한시적으로 문턱을 싹 다 없애버리면 어떨까 그러면 중구난방이 될 것인가?

청년당

이참에 청년중심혁신정당을 창당하면 어떨까? 한국 정치판을
너무 모르는 소리인가 정당을 창당하는 게 현실적으로 어려운 일
인가 과거 어느 날 종로 쪽 시위 현장에 있었는데 수많은 깃발과
수많은 정당을 보았다 일일이 다 기억할 순 없어도 데모당도 있었
다 미처 보진 못했어도 청년혁신당도 있었고 청년중심당도 있었
고 청년주도개혁당도 있었고 청년정책연합도 있었을까

하나 또 짚어야 할 부분은 언제부터 왜 이렇게 청년 문제가 현
안 문제로 등장했는가 청년 문제는 어제도 오늘도 있었겠지만 왜
이렇게 최근 전면에 대두하게 되었는가 그 배경도 들여다봐야 할
일이다 누가 또 들여다볼 것인가 청년 문제를 어느 세대가 나서
서 자기 세대 문제처럼 인식하고 직면하고 또 들여다볼 것인가 그
러나 이 세대의 제반 문제를 그들 세대가 스스로 해결하라고 할
수도 없지 않은가 어디 탁견이 없을까 탁견이란 없는 걸까

책임 장관제 2

장관에 지명되고 인사청문회를 거쳐 임명되었다 해도 중차대한 문제가 발생하면 단 하루만이라도 즉각 내려와야 한다 그런 것이 책임 정치의 일환 아닌가 만약 책임 장관제라는 걸 한다면 책임 정치의 진정한 의미를 실현하는 것 아닌가 쓸데없는 짓 같지만 책임 장관제 같은 게 책임 정치의 출발 아닌가 막스 베버의 책임 정치 같은 것은 텍스트 속에서나 존재하는 것인가

또한 임기 개시 이후라도 7대 인사 배제 기준에 해당하거나 임명 이후 그 문제점이 추가로 드러났을 때에도 물론 중도 하차해야한다 그런 것이 책임 장관제의 진정한 의미이며 책임 정치의 출발이며 종착역일 것이다 어느 정부에서 또 어느 정당에서 이런 것을 도입하고 실행하겠는가? 정당 중심의 정치라든가 정당 중심의 정치력이라든가 이런 것도 다 사라져버렸는가? 현행 대통령 중심제 앞에서는 정당이란 힘이 없는 것인가? 책임 장관제 뭐 이런 것도 공염불이 되고 말 것인가?

국회의원 선거제도 혹은 정당투표제

기왕의 국회의원 선거제도 말고 이 세상에 어떤 좋은 선거제도가 있다면 잘 모셔다가 우리도 한번 써먹어야 하지 않을까 가령 독일식 제도가 좋다면 독일식을 모셔오고 이스라엘 방식이 좋다면 이스라엘식을 모셔오고 미국식 양원제도가 좋다면 미국식을 모셔오고 아님 연동형비례대표제를 다시 보완해서라도 뭔가 획기적인 대전환이 필요하지 않을까? 만약 이 세상에 없으면 하늘의 별이라도 모셔오면 너무 무리한 짓인가? 삼고초려도 소용없는가?

국회의원 선거제도는 유독 가성비가 문제 아닌가? 그렇다면 대의(代議)민주주의를 위해 의회민주주의를 위해 다양한 소수 정당의 출현을 위해 거대 양당 정치를 극복하기 위해 국민주권주의를 위해 하늘의 별을 데려올 순 없으니 다시 저 이스라엘 크네세트(이스라엘 의회) 선거방식인 전국을 1선거구 단위로 하는 정당투표 방식 같은 것이라도 각 정당 및 전문가 집단 참여 하에 집요하게 한 번 더 공론화하면 안 되는 걸까? 그러면 다시 일당 독식이나 양당 독식으로 가는 길인가? 개뿔도 모르는 소리인가?

공적 논의 구조

크든 작든 공적 관계에서는 공적 관계가 매우 철저하게 유지되어야 한다 소위 공사를 구분할 줄 알아야 한다 공적 마인드를 갖고 공적 논의 구조를 존중하면서 공익과 공동체의 이익을 항상 견지해야 한다

공적 논의 구조라는 것도 결국 구성원 간의 민주적 의사소통에 기초한 논의 과정일 것이다 오죽하면 선공후사라는 말이 생겨났을까 공적 관계에서 공사 구분을 모호하게 하거나 구분하지 않을 때 공적 구조는 곧 무너지게 되어 있다 오래 전이지만 어느 국회의원은 국회 밖에서 밥 한 끼 얻어먹는 것도 꺼렸다고 한다 극한 청렴결백의 선량(選良)이었지만 공과 사를 엄격히 구분한 점은 높이 평가하지 않을 수 없다 크든 작든 공적 관계의 구조가 무너지는 것을 보라! 잘 보이지도 않는 곳에서도 무너지고 있지 않은가? (굳이 덧붙일 것까지는 없겠지만 개인의 사생활과 사적 영역은 공적인 것에 못지않게 반드시 보호하고 보장되어야 할 것이다 두말하면 잔소리!)

영유아 의무교육

잠깐만! 저성장이나 저출산이나 영유아 교육이나 국가의 책임이나 재원이나 그런 것에 대해 일목요연하게 그 해결책을 제시한 걸 보았다 속이 시원할 정도로 그야말로 전광석화 같은 순간이었다 주장자를 탁! 내려놓는 소리가 들렸다

－저출산 고령화에 대한 해법은? ▷교육, 주거 문제가 해결 안 되면 저성장 위기를 피하기 힘들다 저출산은 지원금을 줘서 해결될 문제가 아니다 3~5세 아이는 의무교육제도를 실행해 오전 8시부터 오후 8시까지 국가가 책임지고 돌봐야 한다 보육교사를 초등교사 수준으로 대우해주면 질 높은 서비스를 제공할 수 있다 영유아 교육에 대한 투자는 얼마든지 해도 된다. 학생 수가 대폭 줄어든 만큼 재원도 있다 보육시설은 초등학교와 같이 쓰면 된다 초등교육도 6세부터 시작하는 방안을 고민할 필요가 있다 이렇게 되면 사회에 진출하는 나이도 빨라진다*

*김인준 서울대 명예교수 (매일경제, 2021. 8. 16)

전대넷 설문조사 결과

차기 대선(大選) 국면에서 대학생들의 설문조사 결과가 발표되었다 지난 7월 전국대학생학생회네트워크(전대넷)는 전국 대학생 2천 4백여 명을 대상으로 차기 정부에서 해결해야 할 문제를 설문조사하였다 가히 짐작한 바, 그들도 작금의 시중 민심과 거리가 멀지 않은 것 같다 어느새 그들 앞에도 취업보다 부동산 문제가 더 크게 다가왔다 잠깐 그들을 무엇이라 불러야 할까? 그들은 산업화 세대도 아니고 민주화 세대도 아니다 그들을 '세대교체 세대'라 부르면 어떨까?

차기 정부에서 반드시 해결해야 할 문제로 1위 부동산(주거) 46.8%(복수응답 가능), 2위 취업 43.5% 등이다 그리고 전대넷은 교육부 앞에서 기자회견을 열고 여야 대선 주자들 앞으로 6대 요구안을 발표했다 — 정규직 신규 채용과 양질의 일자리 확대, 공공 기숙사와 청년주택 공급 확대, 고지서 상의 등록금 인하, 획일적인 대학 기본역량진단 평가 반대, 학사 운영에 학생의 참여와 결정권한 강화, 계열별 대학생 문제 해결 등*

*경향신문 (2021. 9. 8)

제3부

기자회견 정례화 1

차기 대선 국면에서 이런 공약 하나쯤 내놓으면 어떠하리오? 독일 연방 정부처럼 총리의 연 2회 기자회견을 정례화하겠다면 어떠하리오? 독일은 이미 70년이 지났다고 하는데 우리는 70년이나 뒤졌지만 이제부터라도 시작하면 어떠하리오? 연 2회 정례 기자회견조차 한 100년은 뒤처진 다음에야 시작할 일일까? 얼마 전 퇴임을 앞둔 앙겔라 메르켈 독일 총리는 연방기자회견협회(BPK) 회견장에서 29번째이자 마지막 연례 기자회견 도중 환하게 웃는 사진을 보았다

너무 먼 나라이기에 접할 소식은 없었지만 총리의 엄마 리더십이라든가 동독 출신 총리라든가 최연소 총리라든가 시리아 난민 100만 명을 포용했다든가 왜 항상 같은 옷만 입느냐는 질문엔 나는 패션모델이 아니라 공무원이라고 답변했다든가 가사 도우미 있냐고 물었을 땐 도우미는 없고 남편과 같이 한다고 했다든가…. 남의 나라 내정에 관한 것이지만 눈에 띄는 게 참 많다 다른 건 벤치마킹할 엄두도 못 내겠지만 준비된 원고도 없이 모두(冒頭) 발언 10여 분 곧이어 러닝 타임 80분짜리 연례 기자회견 포맷은 그대로 가져올 수 있지 않을까? 이것도 어렵고 저것도 어려운가?

기자회견 정례화 2

앙겔라 메르켈 독일 총리의 마지막 연방기자회견협회(BPK) 기
자회견의 질문 몇 가지를 인용하면 어떨까? 1949년 BPK는 매년
여름과 겨울에 두 차례 국정 책임자를 초청해 국정 현안과 개인
사까지 질문을 마구 퍼붓는다고 한다 언짢은 질문엔 어떻게 대응
하는지 자못 궁금하다 수십 차례의 그 기자회견 주요 내용을 간
추려 보면 어떨까? 남의 나라 국가 정상의 기자회견 풍경과 형식
을 짐작해 보고 싶다

"당신 인생에서 동독 출신이라는 게 여전히 중요한가?", "뿌리
없는 미래는 없다 (어린 시절 동독에서 자란 것은) 당시 무슨 일들
이 벌어졌다는 걸 알게 해줬기 때문에 좋은 정치적 커리어를 갖
기 위한 바탕이 됐다", "나는 과학자", "국가 경쟁력을 유지하려면
GDP의 3.5%를 연구개발(R&D)에 투자해야 한다", 또 "미래를 위
한 금요일"(기후변화에 대한 대책을 실행에 옮겨달라며 금요일마
다 학교에 결석하는 캠페인으로 다소 급진적인 환경운동으로 평
가됨)*

*조선일보 (2021. 7. 24)

민원 총괄 창구

어떤 중대한 사안에 대해 개인이 이의를 제기할 수 있도록 하고 이의 신청이 받아들여지면 그 다음부터는 전담기구에서 진행할 수 있도록 하면 어떨까? 법적 지위를 갖춘 국무총리 직속 민원 해결 민관 통합 상설 창구 하나 만들면 어떨까? 민간 인력은 각 분야 전문 변호사 중심 시스템으로 돌아가게 하면 어떨까? 어떤 사안이 발생했을 때 국가 공식기구에 위임하고 가족은 생업에 종사하게 해야 하지 않은가 개인이 시간을 쪼개서 국가기관과 맞서기도 어려울뿐더러 당장 먹고 살아야 하기 때문에 시간을 다 쏟을 수도 없지 않은가 그냥 또 입 꾹 다물고 살아야 하나?

가령, 태안 화력발전소 고(故) 김용균 씨 참사, 반포 한강공원 의대생 사건, 공군 여중사 사건, 해군 여중사 사건 등등 국가가 즉각 나서서 해야 할 일이지 사건 당사자의 가족들이 나서야 할 일은 아니지 않은가 국민은 세금도 내고 이런 일도 직접 쫓아다녀야만 하는가? 때마침 어느 정당 대선 후보가 정곡을 콕 짚어주었다 "국민의 삶은 국민 스스로도 책임져야 하지만 당연히 정부도 책임을 져야 한다. 우리가 정부를 비판하는 이유도 정부에게 국민의 삶을 책임져야 할 막중한 사명이 있기 때문"*에 그러는 것 아닌가?

*뉴시스 (2021. 8. 11)

자원봉사

은퇴자 중심 사회 자원봉사 지원 프로그램을 각 구청별로 시행
하면 어떨까 이 일조차 자원봉사자 중심으로 운영하면 어떨까 이
제 우리나라도 자원봉사가 은퇴 후 또 다른 일상의 라이프 사이
클이 될 수 있도록 아주 구체적으로 운영될 수 있도록 토털 데이
터베이스를 구축할 때가 되었다 주먹구구가 아니라 자원봉사자
가 희망하는 장소와 희망하는 시간을 실시간으로 직접 열람할
수 있도록 시스템을 정비하고 또 완비하면 어떨까

값진 인력을 방치하지 말자 재능 기부도 좀 하고 전문 지식도 좀
기여하고 인력 봉사도 좀 하고 또 최저임금이 필요하면 최저임금
일을 할 수 있도록 하자 미국은 오죽하면 자원봉사자의 나라라고
하지 않은가 IT 강국인 우리가 이런 것도 통합적인 시스템으로 시
간, 장소, 봉사 목록, 참고사항 등 한 눈에 들여다볼 수 있게 정리
할 순 없을까 어디서 이미 시행하고 있을까

피라미드

소방, 경찰, 보건 등 간호, 요양, 영유아 보육, 지하철 및 대중교통 관련 등 민생과 밀접한 현장 인력 수급에 대해선 새로운 가이드라인이 필요하지 않을까? 즉 현장에서 직접 일을 해야 하는 인력은 대폭 늘리고 상위직은 대폭 줄이는 직제와 인력, 기구 등을 대대적으로 정비하고 대대적으로 개편해야 하지 않을까

당장 현장에서 일할 일손이 부족하다면 이 부분은 어딘가 부실한 것 아닌가 마치 피라미드가 거꾸로 놓이게 되면 위험할 뿐만 아니라 그 피라미드는 민생을 위한 피라미드가 아니라 직제를 위한 피라미드가 되는 것 아닐까 직제를 위한 기이한 피라미드가 어딘가 또 있을 것만 같다 사회 전반을 안정적인 피라미드형으로 만들기 위해 어떤 노력과 구상을 하고 있는지 궁금하다 이런 일들을 어디서 누가 구상하고 있을까?

리더 1

리더는 구성원들의 앞에 서는 것이 아니라 뒤에 서는 것이다 그리고 어느새 앞에 서 있는 것이다 사회 초년병일 때 단체 산행중이었다 그 팀장은 뒤에서 팀원들을 독려하고 있었고 또 어느새 쏜살 같이 앞에서 팀을 이끌고 있었다 신출귀몰이었다 체구도 작은데 늘 팀원 앞에 있었고 늘 팀원들 뒤에 있었다 이런 분 어디 또 없겠지유?

리더의 미덕은 무엇보다 동분서주일 것이다 아주 작은 조직의 리더라 해도 리더는 또 제일 앞에서 앞장서서 진두지휘해야 할 것이다 또 제일 뒤에서 뒤치다꺼리를 해야 할 것이다 리더는 또 팀이 책임져야 할 일에 대해선 팀과 팀원에게 떠넘기지 말고 팀과 팀원 뒤에 처박혀 숨지 말아야 한다 또 자기의 이익을 위해 공적 조직을 사조직으로 갖다 쓰지 말고 공적 영역에서는 사적인 것에 함몰되지 말아야 한다 비선 같은 걸 이용하지 말고 진영 논리 같은 걸 이용하지 말고 시쳇말로 손 안 대고 코 풀지 말고 당면 현안 등 중대 사안 앞에서 입 꾹 다물고 있지 말고 과거 어느 리더처럼 상대방과 공개 토론도 하고 단기필마로 정면 돌파해야 하지 않을까 또 타의 추종을 불허할 정도의 높은 도덕성도 갖추고 있어야 하지 않을까

리더 2

얼마 전 안타깝고 또 가슴 아픈 리더가 있었다 리더는 가슴 아픈 사람인가? 지난번 이천 ○○화재 당시 건물 내부에 진입했다가 빠져나오지 못한 경기도 광주소방서 119 구조대 고(故) 김동식 소방대장은 리더였다 네 명의 팀원들을 먼저 챙기면서 본인은 끝내 나오지 못했다

119 구조대 소방대장은 가장 먼저 들어가 가장 나중에 나오게 되어 있다고 한다 아! 리더의 매뉴얼이라는 게 있었군요 아! 리더는 가장 먼저 들어가고 가장 나중에 나오게 되어 있었군요 아! 리더는 불길 속으로 가장 먼저 들어가고 가장 나중에 나오는군요! 고인의 명복을 빌지 않을 수 없다 상향(尙饗)

지휘관

"지휘관에 따라 부하들은 용맹한 군인이 될 수도 있고 쓰레기 같은 비겁한 군인이 될 수도 있다 언제든 자신과 부하들의 목숨을 걸고 전투를 수행할 준비가 돼 있어야 하기 때문이다" 역전의 노장(김척, 예비역 3성 장군)의 일갈은 역시 퀄리티가 다르다 그리고 지휘관이 어떤 것인지 그의 말들은 하나하나 살아있고 그의 말들은 그의 행동 하나하나와 일치하는 것 같다 훌륭한 지휘관이라면 퇴역 후에도 이렇듯 지휘관의 품격을 갖추고 있어야 하는가 보다 충성!

"상급자들이 계급을 오만한 특권으로 여기는 문화가 퍼지면서 리더십이 깨진 것이다 장거리 행군 훈련 갈 때 부하들 양말을 일일이 벗겨서 발 상태 괜찮은지 확인하는 노력이라도 해야 한다 지휘관은 헌신과 봉사의 직책이지 특권을 누리는 자리가 아니다…"*

*한겨레 (2021. 6. 20)

리더십

도쿄 올림픽 경기 중 여자 배구 생중계를 지켜봤다 앞선 경기는 다 놓쳤고 8강전, 4강전, 3~4위전을 챙겨 보았다 특히 김연경 선수의 관련 기사나 블로그 글도 한두 개 찾아보았다 그 선수는 소위 '플레잉코치(playing coach)형 리더십'이라고 한다 그리고 또 그 선수는 어디선가 이런 말도 했다고 한다 "주장은 모든 팀원을 신경 써야 한다!" 파이팅!

조별 리그 도미니카 경기 4세트 작전 타임일 때 또 이런 말을 했다고 한다 "해보자! 해보자! 해보자! 해보자! 해보자! 후회 하지 말고!" 그리고 감독 작전 지시 끝난 후에는 "후회 없이! 후회 없이! 후회 없이!"* 그 선수의 어록이 왜 인구에 회자 되는지 알 것 같다 왜 예능 프로그램에 두 번이나 출연 헀는지 알 것도 같다 한 번 해보자! 파이팅!

*한국일보 (2021. 7. 31)

원 스트라이크 아웃

좀 가혹하겠지만 이제부터는 특별히 고위 공직자에 관해선 원 스트라이크 아웃제를 적용해야 한다 이를 테면 7대 인사 배제 기준 중 단 하나만으로도 원 스트라이크 아웃을 해야 한다 그 외에도 이 기준과 범위를 적용하여 좀 더 가혹하게 해야 한다 그 범위와 기준이란 것도 상식선에 따르면 될 것이다 그 상식도 어느새 무너져버렸는가?

상식선을 잘 지키도록 어떤 기준과 범위를 제시해 두어야 하지 않을까 신상필벌과 일벌백계는 이럴 때 적용하는 것 아닌가 일반 시민들과는 그 기준과 범위가 다를 수밖에 없으리라 공직자는 국민 혈세가 들어가기 때문이다 공복(公僕)이라는 말 속에 그 의미가 다 내포되어 있으리라 원 스트라이크 아웃이 가혹하면 투 스트라이크 아웃? 아니면 스리 스트라이크 아웃? 아니면 무(無)아웃? 노 아웃?

약자보호

중앙정부나 국회나 각 지자체나 지방의회는 사회적 약자나 소외 계층이나 특히 1020세대 위기 청소년과 청년을 지원하고 보호하기 위해 특단의 강화 조치와 방안을 짜내야 한다 각 지자체는 각 관할 지자체를 샅샅이 훑어서라도 사회적 약자나 소외 계층이나 특히 1020세대 위기 청소년과 청년을 찾아서 단 한 명이라도 결코 놓쳐선 안 된다 가령 또 폐휴지를 리어카에 담아서 끌고 밀고 다니는 노인들을 각 지자체 단위로 실태 파악하여 국가에서 지자체에서 지원해야 할 일을 세심하게 챙겨야 하지 않을까

중앙 부처든 각급 관련 기관이든 국회 관련 상임위든 지방의회든 사회적 약자와 소외 계층과 특히 1020세대 위기 청소년과 청년을 외면해선 안 된다 이런 것도 각 기관마다 다 매뉴얼을 만들어서 공시하고 공개하면 좋지 않을까 매뉴얼이 없어서 제대로 못하는 경우도 있지 않을까 그렇다면 매뉴얼도 만들고 매뉴얼과 관련된 평가 항목도 만들어서 평가하고 공시하고 공개하자 너무 나간 걸까 이 또한 지나친 걸까 과거 어느 대학은 휠체어 탄 신입생 한 명을 위해 그 신입생과 관련된 전용 엘베도 긴급 설치했다고 하지 않았던가? 어느 대학? 인터넷 검색하면 뜰라나?

물가상승률

장바구니 물가는 어디서 관리하고 점검하고 있는지 하루가 다르고 어떨 땐 터무니없을 때가 많다 물가도 상식선이라는 게 있지 않을까 임금 상승률보다 터무니없이 훨씬 더 높다면 어쨌든 문제 있는 것 아닌가 가령 도시근로자 평균 임금 상승률보다 터무니없이 몇 배 더 높이 뛰어 천정부지로 치솟았다면 그 어느 것이라도 다 문제 있는 것 아닐까 장바구니 물가도 장바구니가 알아서 해야 할까?

원래 물가는 그런 임금 상승률보다 높은 것인가 그런 것이 경제논리인가 그런 것이 경제심리인가 그런 것이 실물경제인가 시중의 유동성 자금 때문에 임금 상승률보다 훨씬 높은 것은 당연한 것인가 손을 댈 수도 없고 손을 뗄 수밖에 없는 일인가 이런 것도 소비자가 각자 알아서 해야 하는가 이런 것도 국민이 각자 다 알아서 해야 하는가? (올해 2분기 식품 물가상승률 7.3% 경제협력개발기구 회원국 38개국 중에서 3위, 작년 2.5% 26위)*

*연합뉴스 (2021. 8. 8)

한일 경제지표

한일 경제 비교 전경련 보고서*를 보면 2020년 IMD(국제경영개발연구원) 국가경쟁력 우리나라 23위, 일본 34위(1995년 26위, 4위), CIP 제조업 경쟁력 우리나라 3위, 일본 5위(1990년 17위, 2위), 명목 GDP 우리나라 10위, 일본 3위(1990년 17위, 2위), 2020년 명목 1인당 GDP 우리나라 3만 1497달러, 일본 4만 146달러⋯ 그러나 바로 아래 한일 비교 수치를 보면 지금 우리가 어디로 가야 하는지? 지금 우리가 어디에 있는지 알 수 있다

노벨 과학상 수상자 우리나라는 없지만 일본 24명, 한국의 소재 부품 분야 대일 적자 154억 달러(1994년 83억 달러), 해외 직접투자(유출) 2020년 기준 우리나라 325억 달러, 일본 1157억 달러, 2020년 기준 글로벌 연구개발(R&D) 투자 기업 수를 보면 일본은 우리나라에 비해 5배 이상 많은 기업을 보유하고 있다 이런 격차를 극복하기 위해 지금 우리가 어디로 가야 하는지? 지금 우리가 어디에 있는지 알 수 있지 않을까? 지금 우리는 어디서 무엇을 해야 할까? (우리가 선택할 것과 집중해야 할 것은 무엇일까? 우리의 성장 동력은 또 무엇일까?)

*뉴스 1 (2021. 8. 12)

각종 비리 조사

얼마 전 국민들의 공분을 일으킨 엘에치 사태 결과는 어떻게 되었는가? 사회 전반에 암암리에 퍼져 있는 이런 견고한 각종 비리의 사슬과 고리를 어떻게 할 것인가? 도저히 어떻게 할 수 없는 일인가? 그냥 덮어놓아야지 어떻게 할 수 없는 일인가? 그냥 또 용두사미가 되고 그냥 또 유야무야 되어야 하겠는가?

지나간 것은 그대로 지나간 대로 지나가게 하고 덮어놓고 지금부터라도 제대로 해야 하는가? 이를 테면 새 정부 출범 초기 때마다 각종 비리 '전수조사'니 비리 신고센터니 하면서 진군의 나팔소리가 천지에 진동하였으나 어느 새 그 진동소리가 저 모기소리보다 작아졌으니 또 용두사미가 되고 말았으니 또 유야무야 되고 말았으니 말이다 다 그런 것인가? 하늘도 알고 땅도 알고 있는 일인데…. 헐! (아니면 엘에치 사태 이후 여야 현역 국회의원 및 가족 등 최근 7년 동안 부동산 거래 '전수조사'한 국민권익위원회의 역할과 권한을 더 강화하고 더 확대하면 어떨까? 하여 각종 비리 조사 및 결과가 용두사미하지 않게 유야무야하지 않게 하면 어떨까?)

그랑제콜

오래된, 막강한 권력이나 기득권이나 이른바 카르텔을 타파한다는 것은 어려운 일이 아니라 차마 어떻게 할 수 없을 때가 많다 그런 것을 무너뜨리려고 해도 오히려 그 장벽 앞에 결국 다 무너지는 것을 동서고금의 역사를 통해 많이 본 것 아닌가 그러나 가끔 그런 강력한 카르텔을 무너뜨릴 때도 있다 그런 것이야말로 역사의 진보이며 진보의 역사일 것이다 어쩌면 프랑스에서 3년째 저항하고 있다는 '노란 조끼'도 그런 진보이며 그런 메시지일 것이다

"프랑스 사회의 엘리트주의의 상징인 그랑제콜(Grandes Ecoles) 대학들을 개혁하기 위해 마크롱 대통령은 첫발을 내디뎠다 그 중 가장 대표적인 또 자신의 모교인 국립 행정학교(ENA)를 78년 만에 폐교하기로 했다 ENA는 에나르크(Enarque, 지배하는 자)라는 별칭처럼 그랑제콜 위의 그랑제콜이다."—어느 후보가 '학벌=능력=공정'의 등식관계를 깰 것인가?*

*성일권 (르몽드 디플로마티크, 2021. 7. 30)

영화 이야기 1

영화 〈광해, 왕이 된 남자〉를 다시 보고 싶다 영화 〈광해〉 속의 가짜 광해를 보고 싶다 중신들을 향한 가짜 광해의 속 깊은 울분을 보고 싶다 고작 보름짜리 왕이었던 가짜 광해가 보고 싶다 진짜 광해가 보고 싶다 영화 〈광해〉 속의 도승지 허균도 보고 싶다 진짜 허균도 보고 싶다 (허균이 이 땅에서 쓴 시가 무려 1,400여 편이라고 한다)

영화 〈더 라스트 캐슬〉도 다시 보고 싶다 영화 속의 어윈 장군 같은 지휘관을 보고 싶다 군 형무소에 수감된 신분이었지만 어떤 부당한 것과 비리에 대해 당당하게 맞서던 전직 3성 장군을 보고 싶다 수감 중이었지만 군인으로서 지휘관으로서 그 자존심을 견뎌내는 어윈 장군을 보고 싶다 어윈 장군 같은 리더라면 손발이 다 묶이고 계급장을 뗀 곳이라 해도 리더는 리더로서 그 빛을 잃지 않는가 보다

영화 이야기 2

비록 영화 이야기이지만 일제강점기의 역사를 배경으로 한 〈암살〉은 또 하나의 금자탑이다 천만 관객 영화라는 명성도 중요하지만 다시 보아도 그 명성이 시들지 않는다 그보다 더 중요한 것은 반민특위(反民特委)도 미처 해내지 못한 역사적인 일을 해냈다는 거 아닌가? 비록 영화 속 이야기이지만 단지 한순간의 카타르시스라고 하겠지만…

'염석진이 밀정이면 죽여라' 임정(臨政)의 그 명령을 끝까지 수행하는 그 충정어린 투사들의 역사는 살아있었다 그 투사들의 역사가 거룩한 역사가 되는 순간이었다 비록 영화 속 이야기이지만 허구였으며 환상이었지만 역사 청산의 한순간이었다! 반민특위의 한순간이었다! 그 '밀양사람'도 어디서 보았을라나?

소년소녀 가장에 대하여

전국의 소년소녀 가장을 잘 보호하고 있으며 세심하게 맞춤형으로 지원하고 있을까? 괜한 걱정인가? 이미 적절하게 충분히 잘 지원하고 있을까? 그들의 주거나 식비 등은 지자체나 중앙정부에서 알아서 잘 하고 있으니 다른 사각지대나 쳐다보라는 걸까? 그들이야말로 우리 사회의 어느 곳에서라도 사각지대가 아니길!

사각지대가 완전 투명하게 관리될 순 없어도 기본적인 부분은 신경 써야 하는 것 아닐까? 기초단체 등 관련 부서에서 잘 파악하고 있으며 알뜰하게 잘 살피고 있을까? 또 어려운 말이겠지만 소년소녀 한 가장과 평범한 한 가정과의 이웃사촌 같은 결연을 하면 어떨까? 상호 간의 결연이 되기 어려운 일일까? 희망하는 가정도 없고 희망하는 가장도 없는 걸까? 어느 기초단체에서는 이미 상호 간에 당사자도 모르게 또 시행하고 있을까? 정말!

코미디가 사라졌다

모든 개그 프로그램이 사라졌다 개그맨들은 다 어디로 갔는 가? 예능으로 가고 낚시로 가고 배달도 하고 유튜브 하고 은둔도 하고 전업도 하고 대리기사도 하고 그야말로 각자도생의 길을 가 고 말았는가? 그들의 각자도생이 매우 충격적이며 어떤 상징을 크게 떠올리게 한다 (대선이 약 1년 앞으로 다가왔다. 통상 이즈 음이면 정치 풍자 개그가 봇물 터지듯 쏟아졌다. 하지만 TV에서 정치 풍자가 자취를 감춘 지 오래다. 시도하는 이도 없고, 찾는 이 도 없다. 왜일까?)*

이렇게 멀쩡하던 일들이 사라질 수도 있다 그 사라진 배경을 여 러 가지로 짚어볼 수 있겠지만 일단 사라진 것은 사라진 것이다 공중파든 지상파든 풍자와 해학과 위트와 웃음이 사라졌다는 것 은 우리 사회에 풍자와 해학과 위트와 웃음이라는 한 축이 사라 졌다는 것 어닐까 아! 유튜브로 다 갈아탔다고? 아직 유튜브에서 는 풍자와 해학과 위트와 웃음이 사라지지 않았다고? 그곳에서 는 아직도 살아있다고? (아 라이프 이즈 코미디!)

*문화일보 (2021. 4. 20)

독거노인에 대하여 1

독거노인에 대한 관리는 충분히 이루어지고 있을까? 더 이상 관심이나 지원이 필요하지 않을 만큼 네트워크가 잘 되어 있을까? 독거노인과 사회복지 관련 담당자가 일주일에 한 번이라도 정기적인 방문이나 전화 상담 등이 원활하게 이루어지고 있을까? 걱정도 팔자일까? 최근 뉴욕타임스에 한국 농촌 대중교통의 혁명이라고, 신의 선물이라고 극찬한 '100원 택시'가 소개되었다* 이런 정책을 더 많은 지자체에서 도입하여 더 많은 100원 택시가 전국적으로 운행될 수 있기를 바랄 뿐이다

그리고 기초든 광역이든 지자체에서는 호문(好問)하시라 퇴근 후 호프집이든 전통시장이든 식당이든 편의점이든 카페든 어디든 찾아가 지역 현안이든 무엇이든 물어보시라 물어 보살? 그리고 호문하는 만큼 경청하시라 들어보시라 호프집이든 전통시장이든 식당이든 편의점이든 카페든 어디든 찾아가 지역 현안이든 무엇이든 들어보시라 들어 보살? 아! 님은 님의 일이나 신경 쓰라고 할까 그럼 각자 자기 일이나 잘 합시다! 넵!!

*서울신문 (2021. 9. 12)

독거노인에 대하여 2

야쿠르트 2개의 힘을 아는가? 야쿠르트 2개가 며칠째 집 앞에 놓여 있어 이상하게 생각한 이웃의 신고로 방에서 꼼짝 못하고 누워만 있던 80대 독거노인의 목숨을 살렸다고 한다 강원도 춘천시 후평1동 행정복지센터에서는 독거노인들을 위해 화욜, 목욜 일주일에 이틀 야쿠르트 배달 사업을 하고 있었다* 아! 쪼그만 야쿠르트 한 병이었지만 야쿠르트는 독거노인의 근황을 알려주는 센서였고 모니터였다

이미 후평동에서는 2019년부터 독거노인들을 위한 '사랑의 야쿠르트' 사업을 시작했다고 한다 그리고 20여 명의 관내 노인들이 혜택을 받고 있다고 한다 또 그 사업비는 지역주민들이 십시일반으로 기부하는 '천원 나눔'의 일환이라고 한다 후평동의 힘! 야쿠르트의 힘!

*중앙일보 (2021. 8. 15)

제4부

지하철 벽면

차기 대선 국면을 맞이하여 엉뚱한 공약 하나 끼워 넣으면 어떨까? 텅텅 빈 서울 시내 지하철 벽면이나 지하철 공간을 볼 때마다 너무 아깝다 가끔 광고판을 끼워두거나 잠깐 무슨 상업적 공간으로 또는 벤치 몇 개 놓아두고 휴식 공간으로 활용하고 있긴 하다 그러나 텅텅 비워둔 깨끗한 지하철 벽면이나 장소가 훨씬 더 많을 것이다 너무 아깝다 을씨년스럽고 휑한 나머지 부자연스럽고 마치 이삿짐 뺀 썰렁한 빈 집 같기도 하다

텅텅 빈 벽면이나 공간은 그냥 깨끗한 것이 아니라 어떤 관념이나 제도나 행정지침 따위가 지속적으로 억압하는 것 같다 지하철 역내 정화 사업의 일환이랄까? 그런 것이 아니라면 이 시국이 좀 지난 다음 우선 서울 시내 지하철역부터 텅 빈 벽면이나 공간을 일정기간 청년 예술가들에게 제공하면 어떨까? 기타 치며 버스킹 하든 맛집 장사를 하든 1인극 퍼포먼스를 하든 벽면에 낙서를 하든 그림을 그리든 벽시(壁詩)를 쓰든 심지어 노숙을 하든 런던의 킹스크로스역처럼 피아노를 갖다놓고 피아노를 치든…. 님들의 뜻대로 구워먹든 삶아먹든 볶아먹든 데쳐먹든ㅋㅋ

선진국 그룹

유엔무역개발회의(UNCTAD)가 지난 7월 초 한국의 지위를 개발도상국에서 선진국 그룹으로 변경했다 UNCTAD가 1964년 설립된 이래 개도국에서 선진국 그룹으로 지위를 변경한 것은 우리나라가 처음이다 이미 선진국에 들어간 줄 알았는데 객관적 물증을 보면 심증이 얼마나 물증과 거리가 먼 지 새삼 알게 된다 G-7 초청국가니 2020년 국내 총생산(GDP) 1조 5868억 달러 세계 10위 경제대국, 글로벌 수출 6위 수입 9위 무역 강국, 글로벌 혁신지수 세계 5위 그런 것과 또 다른 어떤 것인가? 이제 비로소 31개국이 들어 있다는 선진국 그룹에 들게 되었다 과거 이런저런 국면에서 샴페인을 시도 때도 없이 터뜨린 것도 장밋빛 전망을 불쑥불쑥 꺼내놓던 것도 정치적 수사(修辭)와 현란한 구호를 동원한 것도 전 국민을 대상으로 한 일종의 가스라이팅 아니었을까?

UNCTAD는 창설 결의에 따라 아시아, 아프리카 등 주로 개도국이 포함된 그룹 A와 미국과 영국, 독일, 프랑스, 일본 등 31개국이 속해 있던 선진국의 그룹 B가 있다. 중남미 국가가 포함된 그룹 C, 러시아 및 동구권의 그룹 D 등 4개 그룹으로 구성된다. 그간 우리나라는 그룹 A에 포함됐으나, 이번에 그룹 B로 지위가 변경되었다*-솔직히 일반 서민들은 이런 도표가 중요한 것이 아니라 서민들의 진정한 삶의 질이 그룹 B에 포함되기를 바랄 것이다 그룹 B와 현재 우리의 삶의 지표 등을 비교하여 한 눈에 볼 수 있으면 좋겠다 가령, 그룹 B의 성인 1인당 연 평균 독서량이라든가 국가별 근린공원 면적이라든가 성인 1인당 연 평균 연극, 영화, 뮤지컬, 오페라, 스포츠 관람 등 문화생활 지수라든가 시간 당 최저임금 비교라든가 유초중고 주당 야외 스포츠 활동 시간이라든가 각 분야 사회보장제도 비교라든가 대학 등록금 비교라든가 인구 수 대비 국회의원 숫자라든가 고속도로 통행료 비교라든가 인구 대비 임대 공공주택 공급 비교라든가 법인세 등 각종 세율 비교라든가 각 직종 간 임금 비교 및 동일 노동 내 임금체계 비교라든가 인구 대비 국가예산이라든가 연차휴가일, 주택담보 인정비율(LTV) 상한선, 상대적 빈곤율 등 국가별 비교라든가…. 어느 대선 후보 말처럼 "내 삶도 선진국인가?" 우리가 정말 선진국인지 알고 싶지 않은가? 우리는 정말 선진국의 삶을 살고 있는지 알고 싶지 않은가?

*세계일보 (2021. 7. 3)

능력과 경쟁에서 뒤떨어진 자 혹은 1인 시위

사회 각 분야에서 경쟁이나 능력을 앞세우던 그런 관념을 재고할 때가 되었지 않나? 이제 더 이상 능력이나 경쟁이 우선시 되던 시대가 아니다 약육강식이나 승자독식이나 다름없는 경쟁 만능이나 능력 만능 시대는 또 다른 불공정이나 불평등이나 다름없지 않았던가? 사회 곳곳의 위험한 함정이 될 수 있다 능력이나 경쟁이란 것이 한 사회의 구멍이 될 수도 있다 구멍이 많으면 위험하고 또 불안하다

향후 초고령 사회라든가 저성장이라든가 인구 절벽이라든가 이런 현안 문제에 적응하고 대응하기 위해서라도 경쟁이나 능력을 앞세우던 그 집단적인 무엇으로부터의 대전환이 필요하지 않은가? 사회 각 분야에서 능력이나 경쟁에서 멀어진 단 1인이라 해도 존중해야 할 때가 되었지 않았나? 또 능력과 경쟁에서 뒤떨어진 혹은 동떨어진 1인이라 해도 1인의 소수 의견이라 해도 어딘가 개진할 수 있는 사이버 1인 시위 상설 코너 같은 거 하나 만들면 어떨까? 어느 1인의 의사 표시라도 그들의 제안이라도 그들의 고충이라도 최대한 수렴하고 또한 공론화할 수 있도록 제도적으로 보장해야 하지 않을까 혹시 지방의회나 국회 관련 상임위에서 혹은 관련 중앙부처에서 검토할 사항은 아닐까 능력과 경쟁에서 뒤떨어지면 혹은 동떨어지면 그냥 그렇게 운명처럼 숙명처럼 살아야 하나? 그 능력과 경쟁이 그렇게도 공정하고 공평하고 정의로웠

던가? 앞만 바라보고 가야 하겠지만 가끔 뒤도 돌아보고 좌우도 돌아볼 줄 알아야 하지 않을까? 앞으로도 계속 능력과 경쟁만 앞세우고 그런 가치나 관념을 깃발처럼 들고 돌아다녀야만 하겠는가? 이를 테면 광화문 광장에 1인 시위 공식 코너 하나 지정해 두면 어떨까!? 바로 그 옆에 혹은 광화문 광장 한쪽 구석에 상징적으로 '꺼지지 않는 또 하나의 촛불'도 모셔두면 어떨까? 아니면 어느 폭포 아래서 1인 혼자 속삭여야 할까?

짐 로저스

짐 로저스의 발언은 귀 기울여볼 만하다 그가 어느 나라 어느 종목에 투자하라든가 서울 아파트 가격에 대한 전망이라든가 그런 부분에 대해서도 눈여겨볼 만하다 그러나 북한 관련 발언은 그 어느 누구의 관점이나 논리보다 귀하고 중하다 외부의 시선이 내부의 시선을 일깨워 줄 때가 있으리라 과거 어두운 시절, 외신 두어 줄로 국내 상황을 짐작하기 위해 우리의 눈과 귀를 기울였듯이

특히 그가 북한 경제 개방 시 주목한 종목은 철강과 인프라 섹터를 꼽았으며 물류와 운송, 남북한 간의 관광사업, 연결 철도 및 도로망 현대화, 북한 관광, 북한의 노동력과 지하자원, 북한의 농업 등등 북한 관련 사업에 대한 그의 기대와 전망은 그 시사하는 바가 매우 크다 향후 남북한 관계에 대해 새로운 시각과 사유(思惟)를 제시하기도 하고 암시하기도 한다 세계 3대 투자가의 북한 관련 발언과 전망은 결코 사소하지 않고 매우 구체적이다 인터넷 포털 사이트에서 검색만 하면 다 뜨는 내용들이겠지만 왠지 신선하고 또 선선하다 과거 외신 두어 줄로 어떤 국면을 짐작하기 위해 우리의 귀와 눈을 기울였듯이

개성공단

만약 북핵 해결 방안에 관해 어떤 진전이 없으면 남북 종전선언이나 남북 평화협정은 차마 어려운 일인가? 이것 외에도 유엔 안보리 대북 제재 때문에 남북 현안문제를 풀 수 있는 것은 하나도 없는 것인가? 어떤 꿈조차 꿀 수 없는 것인가? 우리의 외교 역량으로는 도저히 풀 수 없는 것인가? 우리의 국력으로는 도저히 풀 수 없는 것인가? 남북의 힘만으로 풀 수 없는 것인가? 한미 동맹으로도 풀 수 없는 것인가? 한미일 외교력으로도 풀 수 없는 것인가? 한중 외교로도 풀 수 없는 것인가? 우리나라 국회의원이 다 나서도 풀 수 없는 것인가?

미국의 대북 제재 때문에 풀 수 있는 것은 아무것도 없는 것인가 남북이 나서도 풀 수 없는 것인가 북한이 나서도 풀 수 없는 것인가 북미 톱다운(Top Down)으로도 풀 수 없는 것인가 한미 톱다운으로도 풀 수 없는 것인가 그럼 특별히 기존의 개성공단만이라도 재개할 수 있는 방법은 없는 것인가 개성공단 그 자체가 아예 없어졌는가? 제2 개성공단 제3 개성공단은 꿈조차 꿀 수 없는 것인가 남북경협은 영원한 꿈일까 정말 꿈일까 남북 톱다운으로도 풀 수 없는 것인가 이것도 아주 꿈이 될 꿈인가?

남북 공동 연락사무소

만약 북핵 해결 방안에 관해 어떤 진전이 없으면 서울과 평양에 남북 공동 연락사무소 개설 같은 것 차마 어려운 일인가? 이것도 유엔 대북 제재 대상인가 미국의 대북 제재 대상인가 남북 공동 연락사무소를 통해 남북 당국 간 민생 관련 현안이라도 협의하고 논의하는 것도 제재 대상인가 자연재해 대책이라든가 방역 사업이라든가 북한 아동 돕기라든가 식량지원이라든가… 매우 제한적이겠지만 민생 관련 부분에 대해 직접 소통할 수 있는 그 대화 창구조차 어려운 일인가 대북 제재 속에서 선택지는 하나도 없는 것인가 우선 개성 남북 공동 연락사무소라도 재개할 수 없는 것인가?

통독 전 동서독은 남북관계와 전혀 다른 상황이었을까 제재 같은 것은 없었을까 그냥 냉전 체제뿐이었을까 동서독도 공동 연락사무소 같은 것은 없었을까 독일은 분단체제에서 무엇을 어떻게 하였을까 통독 전 냉전 상태의 동서독에 대해 얻을 것도 없고 배울 것도 없는 걸까 통독 전 동서독은 무엇을 어떻게 하였을까 냉전은 냉전이고 냉전체제는 곧 침묵체제일까? 냉전은 냉전이 약이 되는 걸까 굿이나 보고 떡이나 먹으라는 걸까 그게 정말 약일까? 과거 동서독은 과연 어떤 채널을 갖고 있었을까?

동북아 평화포럼

만약 북핵 해결방안에 관해 어떤 진전이 없으면 과거 북핵 관련 6자 회담 형식을 격상시켜 동북아 정상 간 평화포럼 같은 것도 구상조차 할 수 없는가? 국제 및 동북아 역학관계상 구상조차 할 수 없는 것일까? 남북도 어려운데 동북아 정상의 만남은 상상조차 할 수 없는 것일까? 세상물정 하나도 모르는 숙맥의 생각일까?

가령 6자 회담 형식의 외무장관 간의 동북아 평화포럼 같은 것도 어려운 것일까? 외교란 그런 걸 구상하고 국가 간의 갈등이나 긴장을 해결하는 것 아닌가 이런 과제와 역량이 외교 아닐까 불가능한 외교를 가능하게 하는 게 외교 아닐까 남북 관계도 동북아 외교의 틀에서 또 소통할 수 있는 것 아닌가 외교의 장벽을 뚫고 가는 것이 외교의 역사이며 외교의 기술 아닌가 과거 북방외교도 그런 것 아닌가 한 국가의 외교야말로 과거의 역사가 아니라 미래의 역사를 개척하는 것 아닌가 과거 북방 외교라든가 미중 핑퐁외교라든가 그런 게 결국 광폭 외교 아니었던가? 신의 한 수 아니었던가? 또 번지수가 틀렸다는 걸까? 조선의 광해가 그토록 좀 배우라고 했다는 '고려의 외교'는 또 어떤 것이었을까? "국민이 모두가 외교적 감각을 가진 외교 국민이 돼서 우리가 태어난 불행한 지정학적 입장을 극복해나가야……."(1972년 9월 16일 김대중 전 대통령 국회 발언 일부)*

*프레시안 (2021.10. 16)

비무장지대 관광자원

향후 남북 공동으로 155마일 비무장지대를 관광 자원으로 활용하면 어떨까 지금 당장은 어렵더라도 관광 개발 자원으로 충분한 가치가 있지 않을까 가령 리조트를 짓고 골프장을 펼쳐놓고 놀이동산을 짓고 대형 쇼핑몰을 지하로 지상으로 짓는 게 아니라 그야말로 지금 그대로 친환경 생태계 보존 특별 보호 지역으로 남북이 공동 관리하자는 것이다 그것만으로도 이미 남북 평화 관광 명소가 되지 않을까 분단의 상처와 함께 천연 관광 청정 지역으로!

생태 보존만 잘 해도 관광 자원이 될 것 아닌가 굳이 관광 자원을 개발하지 않고도 그 자체만으로도 관광 자원으로 충분히 활용할 수 있는 방안이 있을 것이다 묘안은 분명히 있을 것이다 155마일 비무장지대만큼은 무엇을 개발하고 무엇을 건설하는 것이 아니라 그냥 그곳을 관광 자원화 하는 것이다 그냥 155마일 비무장지대를 남북 평화의 순례길 혹은 남북 분단의 상징적 둘레길로 그냥 그대로 두어도 국제적인 도보 순례 코스가 되고도 남을 것 아닌가 또 잠꼬대 같은 소리라는 걸까

동북아 대학 교류 및 학점 공동 운영

아무리 많은 세월이 또 흘러도 동북아는 유럽 연합처럼 연합할
순 없을 것 같다 그러나 적어도 아주 느슨하게라도 동북아 연대
는 가능하지 않을까 특히 민간 부문 가령 대학 간 인적 교류와 동
북아 대학 학점 공동 운영은 가능하지 않을까 모든 대학을 대상
으로 할 순 없어도 일부 국립대학끼리 또는 교류에 관심 있는 사
립대학끼리 시범 운영할 수 있지 않을까 한번 논의해 볼 순 없을
까 아 아예 말도 꺼낼 수 없는 걸까? 개떡 같은 소리라고 할까

말도 안 되는 소리일까 남북 당국자 교류도 어려운데 무슨 대학
끼리 교류와 학점 공동 운영까지? 한일 당국자 교류도 어려운데
무슨 대학끼리 교류와 학점 공동 운영까지? 한중 당국자 교류도
어려운데 무슨 대학끼리 교류와 학점 공동 운영까지? 제 정신이
아니라고 할까? 향후 10년, 20년을 내다보고 구상하는 것조차 정
신 나간 소리라고 할까?

도농 결연

도농(都農) 간 결연을 통해 도농 간의 교류를 확대하면 어떨까? 지역 특산물도 직거래하고 결연 지역에 가서 주말농장도 하고 그 지역 둘레길도 거닐고 한 달 살이도 하고 (아예 한 달씩 도농 간 맞교환해서 살기도 하고) 도농이 공생할 수 있다면 공존할 수 있다면 지자체들도 상호 발 벗고 한번 나설 일 아닌가?

지금 기성세대는 도시에 거주한다고 해도 다 상경파(上京派) 아닌가? 고군분투했던 상경파들도 결국 그 어느 지역에 뿌리를 두고 있는 것 아닌가 그 지역의 뿌리와 지금의 줄기를 좀 묶어보자는 것이다 뿌리도 살고 줄기도 살고 뿌리도 살리고 줄기도 살리고…. 이와 관련된 콘텐츠를 개발하면 그 아이디어가 무수히 쏟아질 것 같다 백면서생(白面書生)의 헛발질이라고 씹을까?

6411번 버스

6411번 시내버스를 외쳤던 어느 정치인을 아시는지? 그의 육성을 한번 들어보실까요 그가 그리울 때가 있다 그의 혼령은 이 땅을 떠나지 않았을 것만 같다 어느 늦은 밤 그의 지역구였던 마들역 일대를 맴돌 것만 같다

"6411번 버스를 아십니까? 새벽 4시 구로 가로수공원에서 출발하여 개포동 주공 2단지까지 2시간 운행하는 노선버스를 아십니까 새벽 5시 30분이면 강남의 빌딩에 출근하는 아주머니들에 의해서 청소되고 정비되고 있는⋯ 존재하되 그 존재를 우리가 느끼지 못하고 함께 살아가는 분들⋯" (중략) "아홉시 뉴스도 보지 못하고 잠자리에 들어야 하는 분들⋯ 이분들이 그 어려움 속에서 우리 같은 사람을 찾을 때 우리는 어디 있었습니까 그들 눈앞에 있었습니까 그들의 손이 닿는 곳에 있었습니까 그들의 소리가 들리는 곳에 과연 있었습니까"* -다시 한 번 우리는 지금 어디에 있습니까?

*고(故) 노회찬 진보 정의당 공동대표 수락연설 (2012. 10. 21)

감사원에 대하여

2021년 몇 차례 추경을 뺀 국가 본예산만 558조원이다 (참고 내년엔 604조원) 국가 예산이 단 한 푼도 눈 먼 돈이 되지 않도록 해야 하지 않을까 이 피 같은 돈이 어떻게 눈 밝게 잘 쓰이는지 또 전문가 중심 시민단체의 검증과 감시 기구를 상설 운영하면 좋지 않을까 단 돈 10원이라도 눈 먼 돈이 되지 않도록 하기 위하여! 폐쇄 회로 텔레비전처럼 눈 시퍼렇게 뜨고 살아야 하지 않을까?

아니면 폐쇄 회로 텔레비전으로도 감당할 수 없으면 감사원의 기능과 권한을 대폭 확대하면 어떨까? 국민들이 흘린 눈물과 땀 같은 혈세를 단 한 푼도 엉뚱하거나 이상한 곳으로 새지 못하도록 감사원을 한시적으로라도 입법부 급으로 격상시키면 어떨까? 입법부, 행정부, 사법부, 감사원 등 3부 1원 체제로 일정기간 감사원 가능을 독립시켜 강화하면 어떨까? 이 또한 개미친 소리?

B급 좌파*

"좌파로 사는 일은 우파로 사는 일에 비할 수 없이 어려우며 어느 시대나 좌파로 살 수 있는 인간적 소양을 가진 사람은 적다. 우파는 자신의 양심을 건사하는 일만으로도 건전할 수 있지만 좌파는 다른 이의 양심까지 지켜내야 건전할 수 있기 때문이다", 또 "한 번도 사회적이지 않던 사람들에게 경제투쟁이 경제투쟁에 머물지 않기를 남의 밥그릇도 함께 생각하는 사회적 지평으로 확대되기를 바란다"

"사회주의는 비참함, 실업, 추위, 배고픔과 같은 견딜 수 없는 광경이 성실한 가슴에서 타오르는 연민과 분노와 만나 태어난다" – 앙드레 레옹 블룸(1872~1950) 다시 "진보주의자(進步主義者)란 세상을 뜯어고치자는 의견을 갖는 사람"(아래 책 255쪽) – 좌파와 우파와 사회적인 것과 사회주의와 진보주의자에 대해 이렇게 정확하게 또 이렇게 알아듣기 쉽게 진술한 말을 어디서 들어보았는가! 기회가 닿는다면 성인용 교양도서로 일독하시길!

*김규항 (야간비행출판사, 2001)

돈쭐 1

   홍대 철인 7호 치킨집 돈쭐(돈으로 내는 혼쭐)난 사연을 아시는 지? 수중에 단 5천원을 들고 치킨 먹고 싶다는 어린 동생을 데리고 집을 나선, 형은 치킨집 앞을 전전했었다 그때 철인 치킨집 앞에서도 쭈뼛거리던 형제를 마치 살아있는 철인 같은 사장은 안으로 들어오게 하였다 그리고 형제들 앞에 공짜 치킨을 내놓았다 (동생은 형 몰래 두어 번 더 다녀갔다고 함.) 그 후 1년 지나서 형이 치킨 본사에 보낸 사장의 미담을 적은 손 글씨 편지 전문*과 함께 형제의 사연이 세상에 알려지게 되었다

   그리고 짜잔! 드라마가 눈앞에 펼쳐졌다 철인 7호점에 치킨 주문이 대폭발했다는 것을 아시는지? 전국 각지에서 후원 목적 주문이 폭주했다는 것을 아시는지? 그런데 드라마는 또 더 크게 펼쳐졌다 사장은 그 후원 주문 등으로 받은 약 500만원에다 자기 돈 100만원을 합쳐서 구청 꿈나무 지원 사업에 기부했다는 것을 아시는지? 그 후 다시 누리꾼들은 돈쭐이 덜 났다면서 다시 대폭주가 폭발했다는 것을 아시는지!

*머니투데이 (2021. 2. 27)

돈쭐 2

에스비에스 보도*에 따르면 일곱 살 딸아이를 혼자 키우는 아빠의 사연이다 피자 먹고 싶다는 딸아이 생일에 수중에 571원뿐인 아빠는 동네 피자 가게 사장한테 다음과 같이 사정을 털어놓으며 피자 한 판을 주문하였다 "생계 급여자며 7살짜리 딸아이 혼자 키우는데 돈은 없고 부탁드려 봅니다 20일 수급 날 드릴 수 있습니다 꼭 드릴 게요"

얼마 후 피자는 도착했고 피자 상자에는 아! 다음과 같은 큼직한 글씨가 쓰여 있었다 또 피자 상자엔 전속 모델인 전직 농구선수이며 현역 연예인도 그 순간 유난히 더 크고 환하게 웃고 있었다 "부담 갖지 마시고!!! 또, 따님이 피자 먹고 싶다고 하면 연락 주세용 ♡♡" 또 아이의 아빠 부담을 덜어 주기 위해 결제 완료! 전표까지… 이 피자집 사장의 선행과 미담이 알려진 다음에 누리꾼들은 돈쭐 내줘야 한다며 인천 구월만수점 피자나라 주소를 공유하고 있다고….

*머니투데이 (2021. 8. 13)

천사

오늘 아침 천사가 나타났다 어느 중학생한테 직접 손 편지를 건넨 천사가 나타났다 생일을 앞두고 엄빠한테 친구 없다는 거 들키기 싫다면서 다 쓴 기프트콘이라도 있으면 달라고 당근마켓에 글을 올린 중학생이 있었다 그 글을 보고 오프라인에서 진짜 선물을 건넨 여고생이 있었다 그 여고생은 나름 어린 친구처럼 글씨와 그림을 넣은 손 편지와 케이크와 꽃 한 송이도 준비해서 중학생이 사는 곳에 찾아가서 전해주었다 혹시 아파트 단지 입구에서 이 천사를 보셨나요? (그 여학생이 직접 건넨 편지의 일부를 옮겨본다)

"사랑하는 내 친구!! ♡♡ 너의 14번째 생일을 진심으로 축하해! … 친구가 많고 적은 건, 중요한 게 아니야 오로지 너를 소중하게 여기는 사람 한 명과 친구를 하는 게 중요한 거야! 너와 나, 우리가 만난 것이 중요한 거야!…"*

*동아일보 (2021. 8. 13)

선크림

시내 곳곳에 자전거와 킥보드 대여소가 많아졌다 이제는 또 어디서든 손소독제가 비치되어 있고 좀 더 자세히 보면 누구나 이용할 수 있는 우산도 비치되어 있다 심지어 어느 구청에선 산책로에 냉장고도 갖다 놓고 생수까지 꽉꽉 채워두었다 무료 와이파이는 이미 어디서든 팡팡 터지는 중이다

이왕에 예산이 좀 여유 있다면 책상 앞에서 말고 현장 중심으로 폐쇄 회로 텔레비전을 좀 더 세심하게 좀 더 많이 설치하면 어떨까? 주요 방범 지역이라든가 등하굣길이라든가 근린공원이라든가 한강 고수부지라든가 산책로라든가 이왕 설치한다면 반드시 전문가의 의견을 반영하여 설치하면 어떨까? 그리고 하나 더! 공원이나 산책로 등지에 혹시 선크림도 손소독제처럼 비치하면 어떨까? 이제 더 쓸 만한 예산은 없다고요? 네 잘 알겠어요!

고위관리직에 대하여

 국가기관이든 공공기관이든 각급 공적 기관의 고위관리직의 승패는 그 기관의 승패를 좌우할 수도 있다 하위직도 물론 그 기관의 승패를 좌우하지만 고위관리직은 그 직위만큼 좀 더 승패를 좌우하는 영향이 중차대하지 않은가? 하여 그 고위관리직에 대한 책임은 더 막중하고 더 중차대하지 않을 수 없다 그 직이 막중하고 중차대하여 부담이 된다면 그 직에 오르지 않으면 될 터!

 아랫물도 문제겠지만 항상 윗물이 더 큰 문제 아니었던가? 늘 그렇지만 윗물이 더 맑아야 하지 않을까? 윗물이 맑아야 아랫물이 맑지 않은가? 하기야 윗물이 맑지 않아도 아랫물이 맑은 경우도 있긴 있었다 (그러나 그리 오래 가지는 않는다) 더구나 윗물도 맑지 않고 아랫물도 맑지 않다면 그런 물은 어떻게 해야 하나? 그런 물은 그렇다 하고 다시 암튼 모든 공적 영역의 윗물에 대해선 인사검증이든 인사청문회든 더 엄격하게 더 가혹하게 더 집요하게 털어야 할! 할(喝)!

얀테의 법칙

북유럽의 민간에 전해지는 일종의 행동지침으로 얀테의 법칙
(덴마크어 Janteloven, 스웨덴어 Jantelagew)이라는 것이 있다 아마
도 수세기 동안 그쪽 지역 사람들의 정신과 육체를 지배해 온 계
율과 같은 것이리라 유래는 덴마크계 노르웨이 작가 악셀 산데모
세의 소설 〈도망자〉에서 비롯되었지만 그쪽 지역 노르딕 국가 시
민들의 몸에 밴 삶에 밴 마음에 밴 생활 속의 소박한 십계명이었
으리라

1. 당신이 특별하다고 생각하지 마라 2. 당신이 남들만큼 좋은
사람이라고 생각하지 마라 3. 당신이 남들보다 똑똑하다고 생각
하지 마라 4. 당신이 남들보다 낫다고 생각하지 마라 5. 당신이 남
들보다 많이 안다고 생각하지 마라 6. 당신이 남들보다 중요하다
고 생각하지 마라 7. 당신이 모든 일을 잘한다고 생각하지 마라 8.
남들을 비웃지 마라 9. 누군가 당신을 걱정하리라 생각하지 마라
10. 남들에게 무엇이든 가르칠 수 있으리라 생각하지 마라*

*위키 백과

양극화

사회적 경제적 양극화라는 것은 결국 어떻게 할 수 없는 일인가? 사회적 경제적 불평등이라는 것도 끝내 어떻게 할 수 없는 일인가? 당면한 부동산이나 소득이라는 것도 결국 끝내 양극화 될 수밖에 없는 일인가? 국가나 중앙정부나 지자체나 국회나 정당이나 경제단체나 시민단체나 학계나 학회나 그 어디서든 그 간격을 쬐금이라도 좁힐 수 없는 일인가? 그 간격을 조금이라도 좁힐 수만 있다면 버선발로 뛰어나와야 하지 않을까? 아! 그런 양극화를 좁히기 위해 가령 증세든 복지 확대든 족집게로 콕 집어서 추진하기가 그렇게 어려운 일인가? 이런 양극화를 완전히 해결하기 위해서가 아니라 조금이라도 단지 해소하기 위해 집중적으로 토론하고 설득하고 합의하여 이 문제를 개선하기 위해 발 벗고 나서야 하지 않을까? 이런 일련의 양극화와 불평등이 더 깊어지면 곧장 사회 각 분야의 더 큰 갈등으로 드러나지 않을까? 더 늦기 전에 뜬구름 잡는 것 같지만 소위 상생의 길을 찾아야 하지 않을까? 또 뭔가 공적인 영역에서부터 좀 더 수평적이고 좀 더 균형적이고 좀 더 공정한 구조로 개혁하고 개편하고 개선해야 하지 않을까? 아님 사회적 경제적 불평등에 대해 분노도 않고 심정적으로나마 연대(連帶)도 않고 토론도 않고 강 건너 불 보듯 그럭저럭 살아야 할까? 아니면 스스로 길을 찾고 아니면 스스로 길을 찾을 때까지 아니면 스스로 길이 생길 때까지 아니면 스스로 길을 만들 때까지 아니면 스스로 길이 될 때까지….

 앞만 쳐다보며 또 성장만 할 순 없지 않은가? 위만 쳐다보며 또 성장만 할 순 없지 않은가? 다시 한 번 사회적 경제적 양극화나 불평등이나 불균형의 심화를 해소하고 해결한다는 것은 어불성설일까? 성장과 분배의 양립이나 조화는 이론일 뿐일까? 가령 소득의 재분배를 통해 평등이나 균형을 추구하는 것은 또 요원한 문제일까? 이것도 저것도 팔자소관일까? 복불복일까? 그냥 아주 아주 불가능한 일일까? 노원구 온수골 사거리 로또가게에서 로또라도 긁어야 할까? 아님 옛 시 한 구절을 음미하면서 밤 산책이라도 나서야 할까? 할(喝)! 萬事不如吾心竹 然然然世過然竹 □